JN168082

わたしの容れもの

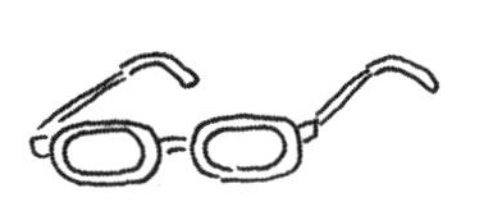

目次

私は変わる

このごろ霜降り肉がだめになってきた、おれなんか赤身がだめ、刺身は白身だけ、だとか、階段上がると息が切れるようになった、だとか、風邪ひくとびっくりするほど長引くようになった、だとか、人は加齢による変化を嬉々として語る。嬉々としていない場合もあるが、どことなくうれしそうに見える。いや、見えた。二十代のころだ。うれしそうだし、なんだか自慢げであるなと思って、若き日の私は年長者たちの話を聞いていた。

年長者たちの話すその変化が、二十代の私はこわかった。肉好き、脂好きの私は、霜降り肉より赤身肉を選ぶようになるのが、刺身は白身ばかり食べるようになるのが、はたまた、風邪をひいて長引くようになるのが、こわかった。息切れとか、つまずくとか、そういった方面は十代のころからなのであんまりこわくはなかったが。

以来、私はずーっと、それらの変化がいつ自分の身に起きるかとびくびくしていた。

しかし三十代になっても、三十五歳を過ぎても、変化はやってこない。私は相変わらずカルビが好きで霜降りのステーキが好きで、鯛より鮪(まぐろ)が好きで、鮪は赤身よりとろが好きで、風邪をめったにひかなかった。しかも、三十三歳でボクシングジムに通いはじめ、三十七歳でランニングをはじめてしまったものだから、若いときよりずっと体力がついた。二十代の私は、どれほどの遠回りをしてもエレベーターを駆使して移動し、極力階段を使わなかったのだが、三十代になってようやく階段をのぼり下りするようになった。つまずくことも息切れも、二十代のときより減った。このまま変化はこないのではないか。霜降り肉好きの、揚げもの好きの、とろ好きの、風邪知らずの健康なおばあさんになっていくのかもしれない。それはなんとすてきなことだろう。

四十代になり四十五歳になった。中年真っ盛りである。

そしてようやく、やってきたのだ、変化が。「お」と思ったのは、四年前。四十歳を過ぎて、私ははじめて豆腐をおいしいと思ったのである。豆腐がおいしいってことは、これは、私がずっとおそれていた変化だ！　ついにきたか！　しかし、霜降り肉も好きである。

私がおそれていたのは、前はだめだったAが好きになり、前に好きだったBが食べられなくなる、ということだったわけで、AもBもおいしく食べられるようになる、というのは、変化としてとらえていいのだろうか。

そんなふうに迷ってさらに昨年、ついに私は霜降り肉より赤身肉を好んで食すようになった。揚げものも、とろもまだ好きだけれど、でもこの肉の好みの移行は私にとってはまったく大きな変化である。本当に、霜降り肉の脂が、きつくなるんだなあ……。あんなにおそれていたのに、いざそうなってみるとおそれは消えて、ただただ、感慨があった。

考えてみれば、顕著ではないとはいえ、ゆるやかながらやっぱり加齢は変化をもたらしている。

いつからか、徹夜ができなくなった。以前はすぐに覚えられたことが、覚えられなくなった。すぐに思い出せたことも、ちょっと時間がかかるようになった。

ちょっとやそっとじゃ体重が減らなくなった、というのも、ある。一食抜いたり、激しい運動をしたりすれば、前はすぐに体重が落ちた。けれど今ではそれがない。おそろしいほど一定。不思議なのは、減っても翌日にはすぐに一定値に戻るのに、増えると、今度はそれが一定値になるのである。夕食を軽めにすませて一キロ減っても、翌日には元どおり。なのに、深夜についラーメンを食べてしまって二キロ増えると、今度はそれが、どんなにがんばっても減らない。なんと小憎らしい仕組みだろう。

霜降り肉より赤身肉を選ぶことを、どうして二十代の私はおそれていたのか不思議である。たぶん、私というものは確固たるもので、変わらないと信じていたのだろう。変わらないはずのことが変わる、そのことがこわかったのだろうと思う。アイデンティティの崩壊のようで。

　豆腐で気づいたおののの変化であるが、しかし思っていたほどこわくはない。というか、ちっともこわくない。肉の脂が私のアイデンティティでは、当然ない。今なら私はわかるのである。白身魚しか食べられなくなった、風邪が長引くようになったと話す年長者たちが、嬉々としていたその理由が。

　変わる、というのは、その前にはなんだか不安に思うけれど、実際はちょっとおもしろいことなのだと思う。引っ越し前はどきどきするけれど、引っ越したら意外にたのしかった、という感じ。しかも変化しているのは、自分自身。変化したことで、新しい自分になったように感じるのである。新しい自分が、古い自分より「できない」ことが増えたとしても、やっぱり新しいことは受け入れればおもしろい。焼き肉屋さんでカルビではなく赤身肉を注文している自分は意外でおもしろい。減らない体重は小癪（こしゃく）だけれど、ここまで微動だにしないと人体の神秘を思う。

　それに、年齢を重ねるイコールできないことが増える、というわけでもない。私は昨年

（かなり後ろ向きな気持ちだったとはいえ、でも）フルマラソンを二回走った。こんな酔狂なことは、二十代ではできなかったことだ。仕事をする時間を決めて、午後五時にはぜったいに終える、ということもまた、若いときには無理だったろう。

この先、きっと更年期障害がはじまったり、思いもかけない病気になったりして、こんな変化はいやだ、と心底思うときもあるのかもしれない。でも、そうなった自分は今の自分より劣った存在ではなくて、ただ新しい自分なのだと思えるようでありたい。

とりあえず、今私にいちばん近い変化は老眼だろうな。何が見えて何が見えないと、嬉々として話し出す日はきっと近い。

私の知らない私を知る

人間ドックが好きだ。はじめて受けたのは三十七歳のときで、初(しょ)っぱなからすでに好きだった。

はじめていった人間ドックは、ビルの上階にある健診センターで、窓が広く、町が一望でき、待合室には大型テレビがあり、あちこちのラックにいろんな種類の雑誌があった。健康ランドで着るような作務衣(さむえ)状の衣類に着替え、私は軽く興奮してテレビを見たり雑誌を眺めたりし、番号を呼ばれるたび立ち上がって検査を受けた。

いちばん驚いたのは胃のレントゲンである。バリウムの飲みにくさは知っていたけれど、動く台の上に寝そべって、検査技師の人の言うとおりにぐるぐるまわるのだが、なんとアクロバティックな動きを要求されるのだろう。ご高齢の人はどうしているのかと、思わず心配になるほどである。

それからマンモグラフィーというものに絶句した。乳がんの検査で、乳を万力(まんりき)のような機械でつぶしてレントゲンを撮るのである。しかも縦と横に。これが想像を絶する痛さだった。検査技師の人は「痛かったら言ってくださいね」と言うのであるが、「痛いですーっ」と伝えると、「はい、もう少しがんばりましょう！」と励まして、まだまだギューッとつぶす。「痛い痛い痛いいいいいーっ」と私は思わず叫んだ。翌年から、マンモグラフィーは避けて、エコー検査に変えた。

半日ドックは午前中で終わる。支給されたお弁当を、広い窓に沿ったカウンター席で食べた。バリウムはまだ胃に残っているし、乳はひりひりと痛むものの、妙にすがすがしい達成感があり、窓の外の開けた景色を見ていたら気分がよくなった。

以来、毎年受けている。

翌年には、脳の検査もやった。ＭＲＩである。まんまるい機械に寝そべった状態で入って、脳の断面図を撮影してもらうのである。

音がすごいからと、係の人がヘッドホンを渡してくれる。これをぴったり装着し、寝そべる。自動的に筒型機械にぐいーんと入っていく。なかは暗い。

がごごごご、とはじまった音は、道路工事に似ているが、私には耐えられないというほどでもなく、気がついたら寝ていた。

ドックの結果はだいたい一カ月以内に届く。わからない単語やアルファベットや数字がたくさん書いてある。これを読み解いていく。何やらたのしい。聞き覚えのある単語を見つけて「お、これがかの有名なガンマナントカか」と納得したり、「コレステロールに種類があるのか、おお悪玉善玉か」と知ったりする。なおかつわからないものもある。白血球とか赤血球とか、何がどうなっていてどう関係しているのか？　電解質ってなんだ？　など。でもとくに深く調べようとしないのは、みな値が正常だから。

異常なしを示す「A」がずらりと並ぶと、かつて毛嫌いしていた成績表とは異なるのに、うっとりする。うっとりしてから、「なんでもない」と知るためだけにあんなに高額を払ったのか……とケチなことをちらりと思いもするが、でもやっぱり、うれしい。

一度E判定が出たことがある。要医療である。中性脂肪値がとんでもないことになっていた。中性脂肪値が高い、というのは、血がどろどろということだと、調べてわかった。ところが落第点がついているドック結果もなんだかうれしいのである。自分の体の、知らないことがたくさん書かれているというのが、おもしろいのではなかろうか。

さてその「要医療」であるが、私は急いで病院に赴き再検査をした。医師によると、「中性脂肪値は前日食べたものにけっこう左右されることがある」とのこと。人間ドックの前日は夜八時までに食べ終え、就寝時まで水しか飲んではいけないというのが通常だ。そういえばドック前日、前年それで腹が減ったからがつんとしたものを食べておこうと、がっしり肉を食べたのだった。しかもドックの朝、水も飲んではいけないというのに、クッキーをひとかけ齧ったことまで思い出した。再検査ではかった数値は、低くはないが通常内になんとかおさまっていて、一安心した。このことがあって以後、人間ドック前の数日、酒量を減らし、野菜と魚中心の食事に変えた。いわばテスト前の一夜漬けである。この姑息な手段を使っている人はけっこう多くて、たがいに「おまえもか」ということがわかると、姑息具合を自慢し合ったりする。なかには、前日でも八時まではきっかり飲む、というつわものもいて驚かされる（もちろんその人は中性脂肪値も血糖値も尿酸値も、高くてはよくないものがほぼぜんぶ、高い）。

今年は健診センターを替えてみた。今までは近所の病院が経営する健診センターだったのだが、知人に勧められ、都心の病院付属のところにいってみた。作務衣も、豊富な雑誌も同じなのだが、ここのマンモグラフィーは痛くなかった。終わりですと言われたときに、「手を抜いていませんか」と言いたくなったほどである。

結果が送られてきた。今年はじめて、尿酸値が高いという結果が出た。え、何それ何それ、と早速調べる。私が理解したのは、この値が高くなりすぎると痛風になるらしい、ということ。ああ、そういう人、まわりにいるいる。男性に多いが、このごろでは女性編集者にも多い。痛風の発作が出てたいへんな目に遭っている男性もいる。この値を下げるには、プリン体を多く含む食品を避けること。ビール、魚卵、レバー、鮟肝（あんきも）、干物。好物ばっかり。

同世代の友人知人と話すと、健康の話題が俄然（がぜん）多くなった。「私この前はじめて尿酸値が……」と言い出そうものなら「おお、きたねきたね」「なかなかにおっさんらしくなってきたね」と、話が弾む。相手が「ガンマ値が……」と言い出そうものならすかさず「えっ、私なんか五十八」「何それあり得ない、ずるい」と、これまた話が弾む。十年前にはまったく知らなかった単語が、みんなの口からぽんぽん飛び出す。人間ドックは中年向けのコミュニケーションツールでもあるんだなあと、最近になってよく思う。

やはり、食い意地ははってくる

食事にかんしてまったく興味がなかった。たぶん、家を出てひとり暮らしをするまで、黙っていれば食事が用意されていたからだろう。若き日の私にとって食事とは「だれかが作り、勝手に出てくるもの」だった。空腹を覚えることはないが、いつもいつも食べたいものばかりが出てくるわけではない。

だからひとり暮らしをはじめたときは、うれしくてしかたなかった。「好きなときに好きなものを食べる」暮らしは新鮮だった。いっさい料理ができなかったので、ファストフードや居酒屋で友だちとごはんを食べたり、ときに菓子ですませたり、食べなかったりした。そんなことがたのしかった。

しかし料理を覚えると、ファストフードを続けて食べたり、まして食事どきに菓子ですませるということができなくなってくる。原点回帰というか、決まった時間に三度の食事をちゃんととる、実家で身についた食事に戻った。二十代の半ばだ。

でも、こだわりがまったくなかった。食事を作るのは、覚えたてでたのしいからに過ぎず、好きなものしか作らなかった。調味料や材料も、品物を見るより値段を先に見て買っていた。もちろん経済的余裕がなかったからだが、こだわりも知識もなかったという理由もある。

ひとつこだわりがあったとすれば、虫のいそうな野菜は買わない、ということだ。キャベツをむいてあらわれる虫が、毛虫であろうとナメクジに似たものであろうと、はたまた羽虫であっても、私はこわかった。だから葉に虫食いあとがある葉野菜は、ぜったいに買わなかった。つまり、有機野菜、無農薬野菜は買わない、ということである。同世代の友だちと私たちは「虫がいるくらいなら農薬を選ぶよねー」と言い合っていたほどだ。

外食も、おいしい店にいきたいという気持ちがあまりなく、ただ酒が飲めればいいと思っていた。飲食店にくわしい編集の方々が、おいしいことで評判の店に連れていってくれても、そのおいしさを堪能しようとしなかった。編集者ではなく、同世代の男友だちがそのような店に連れていってくれると、やはり料理を味わうより先に「この子はもてたくて飲食店にくわしくなったのだろうか」と邪推していた。豚に真珠ってこういうことをいうのだろうなあ。ごちそうしてくれたみなさんに今更ながら申し訳なく思う。

この料理、なんだかほかと違っておいしい、と思うようになるのと、まずいものよりおいしいものを食べたい、と思うようになるのと、野菜や魚には旬があるのか、と実感するようになるのと、なんかもっといろんな料理を作ってみたい、と思うようになるのとが、私はほぼ同時だった。三十代半ばにさしかかるころだ。

若い時分、どうして中年女性の多くは、あんなにも食べることに執着するのだろうかと思っていた。旅行にいくとどの店のこの料理が食べたいと言い、朝市があれば駆けつけて食材を買う。都内のどこそこの店がおいしいと聞けばおっくうがらずに予約を入れ、白アスパラの季節だ、ポルチーニが入ったらしいと騒いではまたそそくさと店を予約している。食材にも調味料にもやたらくわしい。

そして三十代の半ばに近づいて、私もようやく食べることに執着するようになったのである。なってみれば謎でもなんでもない、ただ、おいしいものが食べたい。それだけのこと。たぶん、舌も肥えるのだろうし、大げさだけれど、この先あと何回おいしいものを食べられるか、と老い先に思いを馳せるようになるからではないか。

それでもまあ、執着の大中小があるとするなら、私は小だろう。頼んだ料理がまずくても食べるし、連れていってもらった店がおいしくなくても、さほど気にしない。接客のまずい店よりはよほどいいと思う。ファストフードもときどき猛烈に食べたくなる。

食にかんすることで、年齢を重ねてもっとも変わったのは、自炊だ。仕事で各地にいったり、取材でいろんな作り手の人の話を聞いたりしているうちに、もの作りにたいする考えがものすごく変わった。いいものはかんたんには作れないし、手がこめばこむほど稀少価値化する。それは食べるものでも触れるものでも見るものでも、なんでも同じようである。

そう知ってから調味料に意識を向けると、いや、なんとたくさんの種類があることか。塩でも醤油でも砂糖でも、もう、なんでも。値段で選ぶのをやめて、好きなものを買うようになった。世に出まわるすべてを試すのは不可能なので、入手しやすいもののなかから、「これ」と決めたり、料理人のおすすめのものに切り替えたりした。値段の高さにはなるほど理由があるし、「いいもの」がよしとされる理由もちゃんとある。

食材はスーパーマーケットではなく、個人商店で買うようになった。魚はお魚屋さん、肉はお肉屋さん、野菜は八百屋さんで買ったほうが、グラム数や個数が選べるし、何が旬かすぐにわかる。

自分の変化でいちばんびっくりしたのは、有機野菜を買うようになったこと。「虫より農薬」と平気で言っていた私が、である。虫なんて今はちーっともこわくない。それよりも、不自然に甘い野菜や、季節外れの野菜のほうが、なんだかこわい。

とはいえ、これら、やっぱり自炊のこだわり大中小にしたら、こちらは中程度だろうか。スーパーにいかなくなったのは、混雑とマニュアル対応に辟易（へきえき）したからだ（これもまた、加齢のせいで我慢できなくなったのだろう）。ぜったいにオーガニック食品を買うと決めているわけでもなく、八百屋さんで野菜を買う際、値札に書かれた産地はとくにチェックしていない。もしかして、この大きな変化の理由は、年齢による食い意地ばかりでもなくて、ともに食事をする家族がいるということかもしれない。ひとりだったら私はたぶん、そんなに食事にこだわらない。少しでも新鮮なもの、とか、少しでもおいしいもの、体にいいもの、などと思ったりしない。ほかの人も食べるから、気を遣うのである。

と、自分以外の人を気にかけられるようになったのも、ここ最近なんじゃないかなあ。

それは突然やってくる

ぎっくり腰になったのは今年の二月だ。はじめての体験だった。

大阪での仕事を終え、編集者に見送られて新幹線乗り場に向かい、改札をくぐって、手をふるためにふりむいたとき、腰に鈍い衝撃が走った。「う、これは」と思ったが、はじめてなので、ぎっくり腰かどうかわからない。引きつった顔で手をふる私に、同年代の編集者さんが、

「カクタさん、今、まさか」と改札の向こうで心配顔になる。

「いえいえ、平気です、ではでは」と私はそうーっと体の位置を戻して、そろりそろりと歩きはじめた。新幹線に乗る。痛くて背もたれに寄りかかることもできないが、じっとしていればなんとかやり過ごせる。

これがぎっくり腰なはずがない、と私は思った。今までその体験談をいやというほど聞いてきたが、もっと激しい痛みのはずだ。みんな、「ぎっくり」ときて、その場、その姿

勢から動けなくなると言っていた。私は動けた。新幹線にも乗れたし、座っていられる。ただ、ひねっただけだろう。

帰っても鈍い痛みは続いていたが、その日はゆっくりと風呂に浸かり、眠った。明日には痛みは消えているだろうと思いつつ。

そして翌日、目覚めて驚いた。なんと痛みが倍増しているではないか。ベッドから起き上がることができない。一枚のベニヤ板を落とすようにベッドから下り、半泣きになりながらなんとか着替え、そろそろと、そろそろと、牛歩よりさらに遅い歩みで近くにある整形外科を目指した。

ナントカナントカ炎症、と告げたあと、お医者さんは、「まあ、俗に言う、ぎっくり腰ですね」と言った。

……ぎっくり腰だった……。湿布を貼って、痛み止めを飲むしか、対処法はないらしい。炎症だから、くれぐれも痛いあいだはお風呂に入らないでくださいね、と言われ、がーんとしながらまた、そろそろと、そろそろと帰った。

痛みが少しおさまったその数日後、私が真っ先にしたことは、椅子を買いにいくことだった。

私の仕事場の椅子は、見る人がみな驚くほどぼろっちい、座り心地の悪そうなものだ。これには理由がある。同業者の友人がかつて高価なワークチェアを買い、座り心地があまりにもよく、何時間座っていても苦にならない、と言った。それを聞いて私はぞっとしたのである。「何時間も小説を書きたくない……できれば座っていることそのものが苦になって、早く終わらせて帰りたい……」と思い、以来、座り心地の悪い椅子をあえて使ってきた。仕事場の写真を見た人に「椅子に座ったとき、足が床に着いていなかったけど、あんな椅子で平気？」と訊かれたくらいだ。

でも、もう二度とあのすさまじい痛みを体験したくない。防衛手段があるならなんでもする。そんな気持ちで高価なワークチェアを買った。ほっとしたのは、何時間座っていても苦にならない、ということと、何時間小説を書き続けても苦にならない、はイコールではない、ということ。座り心地の悪い椅子に座っていたときとまったく同様に、私は定時（仕事終了の五時）を待ち遠しく思いながら仕事をし、五時には椅子から立ち上がって帰る。

さらなる防衛手段として、私ははじめて整体にいった。私の住む町は整体院や整骨院がたくさんある。私は今まで一度もそのようなところにいったことがなく、その違いも知らなかった。いきたいと思う気持ちはあっても、なんだかこわかった。こわいのは、友人たちの話の故（ゆえ）である。

私の友人のほとんどは、整体かマッサージか鍼（はり）か灸（きゆう）の世話になっている。たぶん物書きや編集者といった座業の人が多いからだろう。みんな、ものすごくくわしい。体のためならば彼らはどこにでも赴くのだ。どこそこ（遠方）にゴッドハンドの整体師がいる。鍼ならここがおすすめ。何年もなおらなかった頭痛がどこそこの施術でぴたりとおさまった。云々（うんぬん）。そしてみな一様に「でも、相性があるからね」と付け加える。相性が悪いと、効かないばかりか、具合が悪くなったりする場合もあるという。こわい！

さらにこわいのが、彼らの「こんな施術師がいた」「こんなところがあった」話。整体や鍼に関わっている人のなかには、たいへん癖の強い人がいるらしい。とくに、ゴッドハンドと言われるような人たちに多い。六畳一間でベッドもない、畳の上に寝転がって施術してもらう話とか、施術されている一時間、ずっとだめ出しをされた話とか、聞けば聞くほど、そんなところにいきたくない、そんな人と関わりたくないと思ってしまう。こわい！

でも、ぎっくり腰の痛みのすさまじさは、その幾重もの「こわい」を帳消しにするほどのものだった。私ははじめて近所にある整骨院に整体を受けにいった。カーテンで仕切られただけの簡易ベッドが幾つも並んでいる。けっこう混んでいる。名を呼ばれ、カーテン個室に入る。

歩き方の癖などでどうしても生じる骨盤のゆがみをなおしていくことで、腰に負担はかかりにくくなるというような説明を受け、施術してもらう。揉まれたり、押されたり、引っ張られたり、曲げられたりする。ひどく痛いことはないが、エステティックのように気持ちがよくて眠るということはまずできない。尻を押されたところで急に痛くなり、でも、カーテンの向こうでほかの人が施術されているし、痛いと騒いではいけないのだと思い、ぐーっと我慢していると、「もしかして痛いの我慢していますか」と訊かれた。は、はい……と答えると、我慢せず、痛いと言っていいと言ってもらうも、でも、だれも痛い痛いと騒いでいない。ちなみに尻がそんなに痛むのは、腰をかばってふだん使わない筋肉に負担をかけているだろうから、とのこと。

一時間の施術を終えると、ぎっくりの痛みがまだ残る腰が少し楽になったような、なっていないような。それから二、三度通っても、なっているような、いないような、という、おんなじ感想だったので、それきり通わなくなってしまった。この曖昧さが整体なんだろうか……。

椅子のおかげか、数度の整体のおかげか、はたまたたまたまか、とりあえず、恐怖のぎっくり腰はあのとき以来、まだきていない。その八カ月後、ぎっくり腰をさらに上まわる痛みが私を襲うのだが、それはまた次回に。

災難も突然やってくる

二月のぎっくり腰以来、整体にいくのをやめても、それがぶり返すということはなかった。なので、腰が痛いという状態がどういうことなのかほとんど忘れてしまった、先月のことである。

雨の日だった。大手町にある某社に、打ち合わせでいくことになっていた。仕事場の、ポストに入っていた手紙を抜き出し、読みながら、ビルの階段を下りているとき、つるり、と片脚がすべった。あ、というその瞬間は、ものすごく長く感じられるのに、気がつけば五、六段すべり落ち、地面に座った状態。うわー、と思いつつ、起き上がろうとすると、腰に激痛が走る。何が起きているのかわからないくらいの痛み。いたたたた、と思わず声が出る。前の歩道を人がゆき交っているが、こちらに注意する人はいない。

傘を杖（つえ）がわりに、なんとか立ち上がることができた。けれど、尋常でないほど痛い。腰の痛みをあらわす単位をズンとするとして、ぎっくり腰が50ズンだったら、この痛みは2

00ズン。一瞬、骨を折ったか、と思うが、傘を杖にして歩いてみれば、歩けないこともない。痛すぎて思考がほぼ働かず、目指していた某社にいこう、ということしか思い浮かばない。私は傘をつきつき、なんとか駅を目指した。

電車に乗り、空いている席に座ると、ずきゅーんと痛む。しかしじっとしていればなんとか乗り越えられそうではある。でも、痛すぎる。涙が出てくる。私は携帯電話を取り出して、「階段から落ちて腰がものすごく痛いが、歩けるようだったら骨折ではないよね、骨折なら歩けるはずないよね」と友人にメールを打った。メールをしたってしかたがないのだが、何かせずにはいられないのである。友人からはすぐ返信がきた。「とりあえず早くお医者さんにいって診てもらって！」――当然である。でも、某社と約束があるし。とりあえず某社まではいこう。電車は走り出す。私は椅子のわきの、銀色のバーに両手でつかまり、目を閉じて痛みに耐えた。

そうして降りた地下鉄の改札口から、待ち合わせた出口まで、傘を支えに向かうのだが、大手町の地下は、もう町である！　驚くほど広く、あちこちにのび、歩けども歩けども、待ち合わせた出口に着かない。しかも牛のような歩みで、一歩踏み出すたび激痛。ふだんなら十分もせず着けるだろう距離に、三十分ほどかかった。方向音痴の私は、迷う時間を算段に入れて早めに家を出るので、なんとか間に合ったのである。

　迎えにきてくれた編集者氏に、腰を打った旨伝えると、すぐ病院にいこうと言う。とりあえず某社の会議室まで連れていってもらい、編集者氏と某社のみなさんが、近くて、すぐに診てくれる病院をさがしまわってくれた。その間、私は会議室にいたのだが、痛みがどんどん激しさを増し、手が冷たくなり、汗がにじみ、叫び出したくなってくる。涙も出る。３００ズン。

　その会社が入っているビルの地下にクリニックがあるらしく、某社の方が素早く予約を取ってくれた。車椅子を借りて、地下まで診察してもらいにいく。車椅子から下りる、レントゲン台に乗る、体の位置を変える、下りる、車椅子に乗る、すべて、地獄の痛みである。それでもレントゲンの結果、骨折もしておらずひびも入っていない、とのこと。痛み止めをもらい湿布を貼ってもらい、車椅子のまま、会計を待つ。このとき私が考えていたのは、その日の夜のことである。

　某社で打ち合わせ終了後、べつの出版社の人たちと、打ち合わせ会食の予定があった。この会食の場が、タイ料理店だった。私はここ最近ずっと、本当に長いことタイ料理に飢えていて、この日を前々からものすごく楽しみにしていたのだった。

骨折もしておらずひびも入っていないのなら、車椅子を借りて、タイ料理打ち合わせにいくべきではなかろうか。日を変えてもらうのも申し訳ないし……。じっとしていれば、さほど痛まないのではないか。さっき300ズンで泣いていたのに、そんなふうに考えてしまうのは、思考力低下のせいか、私のいじましい食い意地のせいか。ただ考えるばかりか、編集者氏に「このあとの打ち合わせ、いこうかと思うんですけど……」とまで打ち明け、「やめたほうがいい、ぜったいにやめたほうが」と力説された。

次第に増す痛みで、歩くことが不可能なため、某社が車椅子ごと乗ることのできるワゴン型タクシーを手配してくれ、固定された車椅子で家まで送ってもらった。家にたどり着いたところで車椅子は返却、なんとか家に入り、ベッドに横たわるともう動けない。寝返りもできない。痛みのあまり、気を失うように寝た。

翌日、痛みが軽減しているのではないかというかすかな望みとともに目覚めたが、なんと、倍増している。600ズン。動くたびに雄叫(おたけ)びが出る。昨日のままの格好で、近所の整形外科病院に必死の思いでいった。しかしながら、骨折でもひびでもないので、痛み止めしか頼るものがない。尻に二十個くらい注射を打たれ、二種類の強い痛み止め薬を処方され、松葉杖を借りて、帰った。帰るのにも一苦労。叫びながらベッドに横たわる。

　風邪ならば、頭ももうろうとして眠るしかない。けれど痛みが腰だと、頭はクリアだし、眠いわけでもない、ただ動けないだけなので、ものすごく暇。ゲラでも読むかと起きて椅子に座ると、じんじん痛い。でも寝ていたって痛いのだ。結局、座りっ放しでゲラ仕事をやってしまった。

　翌日は松葉杖でなんとか歩けるようになり、仕事場にいった。その翌日は、杖なしでもなんとか歩けるまでにはなった。しかし、ふとしたはずみに、それはもうあり得ないほどの激痛が走る。動きが止まる。そのまま、痛みが鎮まるのを待つしかない。うしろを歩いていた人などは、突然動きを止めた私を不思議そうに眺めて通り過ぎていく。バスに乗ったら乗ったとたんしびれるような痛みが走り、動けなくなった。が、あとから乗ってくる人は、奥につめない私に迷惑げな目線を向けて、ぐいぐい押してくる。わかる、わかるんだけど、痛いの！　と叫ぶ勇気が私にはない。

　さてこの痛み、少しずつ薄らいで、今では屈(かが)めるし、階段ものぼり下りできるが、おそろしいことに、一カ月が経(た)った今でも、まだ残っているのである。ずーんとした違和感、ふとしたときの痛み、50ズンくらいでしつこく居座っている。加齢したからなおりにくいのだろうか。このままずっと、ずーっと、冬や雨の前日に、思い出したように痛んだり、するんだろうか。はああ（ため息）。

ダイエットの嘘とまこと

それはもう三十年ほども前から、ダイエットに興味はあった。よほど太らない体質の女子以外、ダイエットに興味を持つというのは、この国に生まれた女子の宿命ではなかろうかと私は思っている。

私が小学生だった一九七〇年代から、ダイエットは流行していた。おばが運動器具を買ったり、奇妙なお茶を飲んでいたのを覚えている。その器具も、お茶も、当時はものすごいブームだったようだ。しかし考えてみれば、ダイエット食品なりダイエット方法なりがブームになっていないときが、かつてあっただろうか。

私が中学、高校生のころに流行（はや）ったのは、りんごダイエット、ゆで卵ダイエット、バナナダイエットといった、一品を食べ続けると痩せる、というもの。その後は、指にテープを巻いたり、風船を膨らませたり、耳のツボを刺激したりというダイエットが流行った。カロリーという概念が浸透しはじめ、一食、一日何カロリーにおさえるべきか、という話も聞くようになる。そして朝食抜き、油抜き、炭水化物抜き、と「抜き」系が流行り、同時に、バランスボール、ヨガ、ピラティス、という運動系も流行る。グッズも、腹筋に効く振動ベルトとか、スリッパとか、ダンベルとか、いろいろ登場し、昨今では、ビデオ・DVDを見ながら踊ったりする運動も流行った。

ダイエットはずーっと流行っているし、私たちはどこか無意識のうちに「痩せなくては」と思いこんでいる。それはもう、文化ですらあるように思う。

興味を持ちはじめてから、私もずーっと「痩せなくては」と、無意識に思っている。ときどきその無意識が、意識レベルまで浮上することがあり、そのときは自分にもできるダイエットはないかとさがしたりする。でも、できない。そもそもゆで卵だけを食べたり、一日のカロリー数を計算したり、できるはずだが、効くはずがないのだ。指にテープを巻く、腹筋ベルトをつける、というのは、できるはずだが、効くはずがないと思っている。だからやらない。なんにもやらない。なんにもやらず、三十歳過ぎまで過ごしてきた。

三十三歳のとき、ボクシングジムに通いはじめたが、これは失恋がきっかけで、今後いつ失恋しても強い精神で乗り越えられるように、というのが目標であって、ダイエット目的ではなかった。実際、運動に無縁だった私がはじめて激しい運動をして、腹が減ってたまらず、なんと四キロ太ったのである。その運動量に慣れたらじょじょに体重は戻ったが、減ることはない。一週間に一度、一時間半程度の練習では、引き締まったり、痩せたりはしないのである。そうして、三十代も半ばを過ぎると、体重はぴたりと不動になる。何年か前は、徹夜をしたり、一食食べ損ねたりすると、一キロ二キロ、すぐに減ったのに、頑として減らない。風邪で二日寝こんで、そのときはほんの少し減っても、なおればまたすぐ元どおり。この正確さには驚くほどである。

そんな私がはじめてダイエットをしたのは三十九歳のとき。某女性誌から、ダイエットをしませんかと依頼されたのである。このとき私はランニングをはじめたばかりで、あまりのつらさにへこみにへこんでいたので、体重をもう少し落とせば、楽になるのではないかと思い、その依頼を引き受けた。しかしながらこんなに頑固に減らない体重が減るのだろうかと、疑問ではあった。

このとき知ったのだが、それはもう、今は本当にさまざまなダイエットがある。「ゆで卵だけ」などというめちゃくちゃなものではなくて、ちゃんとそれぞれ専門の医師なり栄養士なりが、根拠ある理論に基づいて考えたダイエット法である。

私がこのときやったのは、腹八分目ダイエット。いつも食べている量の二割を残すというもの。このダイエット法を推奨するお医者さんがおっしゃるには、加齢に伴って代謝率が下がるのに、食べたい気持ちは加齢に伴って増加し、どんどん胃袋が大きくなっていく。だから代謝に必要なだけの量を摂り、胃袋をちいさくするのが目的のダイエット法なのだった。

結果的に、この方法、じつに私に合った。まず、カロリー計算がいらない。トンカツ定食を食べるとき、残す二割はキャベツでもいいのである。ともかく、カロリーと関係なく二割残せばいい。そしてアルコールはビール以外OK。私はそもそも小食である。最初に感じた物足りなさ、空腹感は一カ月もすれば慣れて、すぐに体重は減りはじめた。六カ月で六キロ減った。ランニングは格段に楽になった。体重が落ちただけなのに、それまでずっと、再検査か要医療と表示されてきた中性脂肪値がびっくりするほど下がった。

それが五年前。この五年で、少しずつまた食べる量が増えたのか、六キロ減った体重の三キロが戻ってきた。そしてまた、減らない。なんとフルマラソンを走っても、翌日には元どおりなのである。この三キロを、真剣に落としたいと思うときがある。そしていろんな人のダイエット話に耳を傾ける。今もっとも流行しているのは糖質オフ、もしくは炭水化物抜きダイエット。おもに四十代の男性が（見栄えではなく、もっと深刻な問題のため）やっていて、そのほとんどが、成功している。すごいことである。

自分が実際にダイエットをしたり、あるいはやった人の話を聞いたりしていると、それぞれの体の神秘に思いを馳せずにいられない。ある人には合うダイエット法が、ある人には合わない。精神的な部分もあるだろうけれど、その人の体との相性というものも、あるように思う。私は肉ばかり食べていると体重が少しずつ減っていくが、夕食に丼ものなどの炭水化物を食べ続けていると、増加しはじめる。でも、反対の人もいる。酒を飲まなくなって十キロ痩せた人もいるが、私は酒を飲まなくても痩せないかわり、暴飲しても体重は増えない。運動をはじめてすぐに締まった体つきになる人もいるが、私は週に二回、十五キロずつ走っていてもちっとも締まらないし、体重も変わらない。ダイエットをしようと思ったら、まず、自分に合うものをさがさなくてはならないと、実際にダイエットをしてみて知った。体という私たちの容れものは、人格のごとく、激しく個性的なもののようである。

そしてもうひとつ知った、じつに重要なこと。「だけ」で成功するダイエットは、存在しない、ということだ。巻くだけ、食べるだけ、食べないだけ。これは、どんな体質の、どんな性質の人にも、効果はない。

「もし」の先

ボクシングジムに十年以上通い、ランニングを五年以上続けているが、体が鍛えられている気がしない。腹筋が割れたこともなく、背中と下腹部に脂肪がついている。体重も落ちない、体脂肪もほぼ同じ。

でも、ジム通いもランニングも、体を鍛えようと思ってはじめたわけではないので、さほど気にならない。もし体を鍛えようとしてはじめていたのならば、両方ともとうにやめていただろう。だって、鍛えられた実感がないから。

それでも最近、ふと思うことがある。ジム通いもランニングもしていなかったら、どうなっていたんだろう？　と。

加齢に伴って今より脂肪は確実に増えていただろうと思いたいけれど、そうでもないかもしれない。だって、体重も体脂肪も減ったわけでもないから、その逆もまたしかり、なのではなかろうか。

私は風邪をめったにひかない。熱が出ることもない。最後に風邪で寝こんだのがいつだろうと考えて、四年くらい前の気がする……とおぼろにしか思い出せない。ジム通いとランニングは、この丈夫さに貢献しているのではないか？　そう思いたいが、昔から私は頑丈だった。

もし、ジム通いとランニングをしていなくても、今とまったく変わりない四十代半ばの私なのだったら、なんだか、損なような気がする。みみっちい考えかただが、でも、そうじゃないか。

数日前、東京に大雪が降った。積もりに積もった。その日はいい、こわいのはその翌日。雪かきのされていない道や階段は、つるつるに凍っている。先だって階段から落ち、一カ月ほど腰の痛みを引きずった私は、「つるり」がこわくてこわくてたまらない。

その翌日は運の悪いことに外出する用事の多い日だった。家から仕事場にいき（徒歩二十分）、仕事場から駅にいき（徒歩五分とバス）、電車を乗り換えて都心の駅から待ち合わせ場所までいき（徒歩十五分）、そこから移動して、次の待ち合わせまで（徒歩十分）。

すべることがないよう、凍っていないところ、雪が積もっていないところを見極めて慎重に歩いていたのだが、それでも幾度か、つるっとすべり、バランスを失った。ああ、転ぶ！　と頭のなかで叫ぶが、その都度、私は持ちこたえた。

結局一回も転ばなかった。

このとき、はたと思った。もしかして、ジム通いもランニングもやっていなかったら、私は今日すべった五回ぜんぶ、転んでいたのではないか？

もともと私は運動神経が鈍い。ボクシングジムに通いはじめるまで、運動などいっさいしたことがなかった。

学齢期、運動をしてきた人とまったくしなかった人というのは、動きを見ればすぐわかる。運動をしていない人たちに、体育系の動きをさせると、決まってどこかへんだ。その人たちは総じてとろい。私がそうだ。とろいのだ。さっと動いたり、位置を変えたり、ということができない。

そして、三十歳を過ぎていきなり運動をはじめても、運動神経というものはよくはならないし、動きが体育的になることもないのである。ジムに通って十数年、といえば、みんな「すごいー」と褒めてくれるが、ジムでの私を見れば啞然とするだろう。「十数年でこれか……」と。非体育系の動きの「どこかへん」は、ずーっとつきまとう。私はそのことを自覚している。

運動神経はそのように発達しない。しかし、バランス感覚のようなものは、鍛えられるのではなかろうか。どこかへんな動きの私でも。

だから、思ったのである。まったく運動しないまま、三十代も終え、四十代半ばにさしかかっていたとしたら、私は転びまくったに違いない、と。

つるりとしたときの危うい感覚を思い出しながら、持ちこたえた自分を急に褒めたい気分になった。

それにしても、「それをしていなかった自分」「それをしなかった場合の今」というのは、幾度も考えてしまうことではある。私たちはつねに「もし」の誘惑とともに生きている。もし、あのときこの町に引っ越していなかったら。もし、あの人に出会っていなかったら。もし、あのときああ言っていなければ。

もし一本前の電車に間に合っていれば遅刻しなかったな、という軽い「もし」もあるし、もしあのときこの仕事をしていなかったら人生そのものが違ったな、という重い「もし」もある。でもその選択をしたときは、選択肢などほかになかったように思っている。実際に、「もし」の発生地点に立ち戻ってみても、「もし」ではないほうを何度だって選んでしまうのだろう。そして、私たちは永遠に、「もし」の先を知ることがない。今よりももっと生きやすいのか？　生きづらいのか？

今より若いころのほうが、その仮定は大きなことだった。それこそ、「こうしていなければ人生は違ったはず」という、人生系仮定ばかりしていた。生きている時間が増えていくにつれて、「もし」などないと実感するようになり、あんまり考えなくなった。今、考えるのは、それこそジム通いをしていなかった自分、ランニングをしていなかった自分、程度のことである。そうしてそれは、どちらかというと、今の自分を積極的に肯定したいがための仮定なのである。

年齢を重ねるって、楽になることなんだなあと、こういうときに気づく。

使わなくても減っていく

三十代半ばのあたりから、周囲に、運動をはじめる人が俄然多くなった。みな同世代である。かくいう私も、ボクシングジムに通いはじめたのは三十三歳のときだったし、ランニングをはじめたのは三十七歳のころ。

三十歳以降の人がはじめる運動のなかで、いちばん多いのがランニングである。同年代、五、六人で話していて、ふとした拍子にだれかが「走っている」と言おうものなら、え、私も、ぼくも、状態になることが、最近多い。そこからぱーっと話に花が咲く。走りはじめたのは何年前か。今まで出た大会は。タイムは。週にどのくらい走るか。嬉々として話す全員、中年域。こういうときに、ひとり、若い人が交じっていたりすると、すごく驚かれる。

以前もランニング話で盛り上がったとき、そのなかにいた二十代の女の子が言った。「なんでみんな、そんなに運動してるんですか。私、走るのなんてまっぴらごめん、青信号が点滅していても、遅刻しそうでも、ぜったい走りませんよ。なぜ好き好んで何キロも走ったりするのか……」と、言うのである。

中年の我々は、彼女の話にまったく同意する。本当にそうだ、と思う。そのとき中年域のひとりが、彼女に言った。

「そうなんだ、若い人は運動なんかしなくていいんだ、中年になってすればいいんだ」

なんて腑に落ちる言葉だろうと私は膝を叩いた。

先に書いたとおり、周囲の人たちはなぜか、三十代半ばあたりで運動をはじめている。私も含め、それまで運動と縁のなかった、「走るのなんてまっぴらごめん」系の人ばかりだ。

なかには、中高時代に運動していたという人もいる。でも彼らも、卒業後はぱったりとやめてしまって、三十過ぎまで何もしなかった、というほうが多い。しかしながら、中高時代に運動部に属していた人は、その後の二十年でどのくらい太ろうが、どのくらい怠けていようが、再開すると勘がいい。

いちばん多いのがランニング、それから野球チームを作る人もけっこういる。女性ならばヨガやバレエが多い。そのいずれも、中年域にさしかかってはじめても、肉体的精神的につらくない類いの運動なのだろう（ゴルフも多いが、これは中年こそが似合う運動だと私は勝手に思っている）。

それにしても、若いときというのは、なんであんなに運動しなかったのだろう。中年運動組と、私はときどきこの問題について真剣に話すことがある。その疑問は、なぜ、中年になった今、運動をはじめたのか？　という、若い人の疑問とはまったく異なる。私たちの内には、「中年になったからこそはじめたのだ」という不文律がある。

中年になったからこそ、中年でもできるものをはじめ、中年ならではのたのしみを見いだし、なんとか運動のつまらなさ、しんどさをまぎらわせている、という自覚がある。ちなみに、中年ならではのたのしみというのは、大がかりな打ち上げ飲み会、ユニフォーム作り、地方遠征、などなどである。若いときはそうしたことをおもしろいとは思えなかったし、経済的余裕もなかった。

しかしながら、中年でもできることを、若いときになぜやらなかったのだろう。若いときに、運動なんかまっぴらごめん、とさっきの人のように思ったことは明確に覚えている。あのときには、たしかに運動なんて自分には不可能だった。今また、二十歳若くなったとしても運動なんかしないだろう。

しかしそれはいったい、なぜなんだろう？　今よりずっと体力があり、あるばかりか有り余っていて、なのになぜ、あんなにも運動がいやだったのか。不可能だったのか。

あのころはなんだか疲れやすかった、と、同世代の友人が言う。たしかにそうだ、「疲れた」「だるい」を連発していた。でも、今に比べたらそんなに疲れてもいなかったはずだ。第一、疲れるようなことをしていない。

考えても、よくわからない。だから推測するしかない。

もしかして、体力というのはお金のようなものなのではないか。よく、とんでもないお金持ちになると、お金がもったいなくなってくると言うではないか。たくさんあると、使いたくなるのではなくて、使いたくなくなるらしい。それと同じなのではないか？　若いときは、たくさんある体力を、ともかく温存したい。もったいなくて使えない。

でも、お金とは違って、使っていないのに、気がつけば減っている。どんどん減っていく。そして、気づく。ああ、使わないと減るんだなあ。それであわてて、使いはじめる。残り少ない財産を湯水のように使いはじめる。

こういうことなのではないか？――というのもずいぶん乱暴な推測だが、あながち間違っていないかもしれない。

私たち中年組の運動話を聞いて驚いている、非運動系の二十代の人たちだって、きっとあと十年も経てば何かしらはじめるに違いない。そうしてなつかしく思い出すに違いない、年配の大人たちに奇異な目を向け、「なんでみんな、そんなに運動してるんですか。私、走るのなんてまっぴらごめん」と無邪気に言っていた自分を。有り余るほど持っていたころのことを。

補強される中身

いつもは、私というものの容れもの、体にまつわることについて書いているんだけれど、今回は中身について書こうと思う。中身、つまり、性質とか、性分とか、性格という、私の内訳である。

年をとると丸くなる、とよく聞く。若いときにはたいへんきつい性格だった人が、年齢を重ねてずいぶんとおだやかになった、というような意味合い。子どものころからそんな話を聞いていたので、私はずっと、加齢イコール人間ができてくる、というものだと思っていた。

ふつうに考えても、そちらのほうが、理にかなう。長く生きていればいろんな経験をし、学ぶ。ものごとに動じなくなり、困っている人には的確なアドバイスができ、うまくトラブルを解決する知恵がつき、急がなくなり、怒りにくくなり、寛容になる。これではまるでだれしもが、年をとるだけで悟りをひらくと信じているようなものであるが、そもそも、そうであるはずじゃないかと思っていた。料理だって十年、二十年と続けるだけうまくなる。ランニングだって続けていればいつかフルマラソンを走ることができる。続ける、ということは、長じることだ。生き続けていれば、人は鍛錬され、人生に長じるはずである。

いやいや、違うような気がする……と思いはじめたのは、ここ最近のことだ。

年長の友人たちのふるまいを見ていて、そんなふうに思うようになった。

たとえば、Aさんとしよう。二十歳ほど年上だが、二十年来のつきあいで、私は友だちだと思っている。Aさんを含む十数人の飲み会があった。いつものごとく、年齢など関係なくみんなたのしい酒を飲んでいる。中盤で、ふと、Aさんの声がでかでかと響き渡っているのに気づいた。そちらに注意を向けてみると、べつだんたいしたことは言っていない。おれはそれを知っている、ずーっと知っている、というようなことをくり返し言い、知っている根拠となるエピソードを披露している。だれかが話し出しても、それを遮って自分の話。

これは、めずらしい光景ではない。まったくいつもの飲み会光景。でも、このとき私は、ふと思ったのである。Aさんはもう七十年以上も生きてきて、なんであんなに夢中になって「知っている」話をするんだろう?――非難などではけっしてない。単純な疑問である。

Ａさんは実際もの知りで、文芸にかぎらずいろんなことを知っている。Ａさんがなんでも知っていることをみんなが知っている。だからそんなに躍起になって、自分は知っていると言わなくてもいいのに、でも、Ａさんは未だに知っていることを主張している。若い人よりも大声で、人の話まで遮って、おれが、おれが、と言っている。きっと若いころからそうだったのだろうが、しかし、そうすることに、飽きないのだろうか？

それまでの私の持論ならば、Ａさんはもっともの静かになっているはずである。みんな、おれがもの知りなのは知っているし、あんまり出しゃばるのもどうか。大声を出すのも疲れる、ここはもう、若い人たちに話をさせて、何か訊かれれば静かに答えれば充分だ。と、なるはずなのである。でも、実際は違う。ＡさんのＡさんらしいところが、年齢を経るごとに強調されている！

私はそのことに衝撃を覚えた。かつての持論が崩れ去る気配を感じた。そののち、私は年長の友人たちを、おもに酒宴の席で意識して眺めるようになった。

そうして私のかつての持論、加齢イコール人間ができてくる、はみごとに崩れ去った。

人は年をとっても、よりよい人間になったりはしない。ものごとに動じなくなるかもしれない、アドバイスもできるようになるかもしれない、けれど、知恵はつくとはかぎらないし、学び賢くなるともかぎらない。急いでいた人はますます急ぎ、怒りっぽかった人はますます怒りやすくなり、たいてい、不寛容になる。寛容に見えるときもあるが、それは認めているのではなくて、どうでもいい、つまり興味がないのである。

どちらかというと、美点より、欠点のほうが、増長されていくような気もする。もちろん美点が減じるわけではない。ただ、その欠点の突出によって、美点が目立たなくなるのである。欠点といったって深刻なものではない。せっかちだったり、目立ちたがり屋だったり、自分命（他者に興味がない）だったり、もの忘れが激しかったり、へんなギャグを言わねば気がすまなかったり、自慢好きだったり、こらえ性がなかったり、そんなふうななんでもない、私たちのなかにも充分小分けで詰まっている部分だ。

そう、それらちいさな欠点は私たちのなかに小分けで詰まっている。でも、それらが飛び出してこないように私たちはいつも注意を払っている。あまりにせっかちだと他者を苛つかせるし、「私が、私が」と話しているのはみっともない、注文してから料理が二十分こないことくらいで怒ってはいけないと、自主規制している。たぶん四十代の私より、三十代の人のほうが、その規制はよほど強いかもしれない。二十代は、もしかしたらそれらの欠点には気づいていない。

生きていくということは、たしかにいろいろ経験することではあるけれど、経験し、賢くなっていくというよりは、経験し、「自主規制しなくても、ま、平気らしい」と知っていくことなのかもしれない。長く料理を続けていることで、どこで手を抜くべきかわかってくるように。

もうひとつ気づいただいじなことがある。それは、欠点をなくすより、憎めない人になるほうが、よほど重要だ、ということ。欠点が突出してきた年長の友人たちは、みんな、揃(そろ)いも揃って憎めない。どんなにうるさかろうが、どんなにわがままだろうが、どんなに自分好きだろうが、憎めないのである。しかもそういう部分が、その人のエッセンスにも思えてくる。七十歳を過ぎて声を張り上げ「おれ知ってる」と言い続けることが、六十歳を過ぎて「頼んだワインが遅すぎるからもう一回催促して」と五分に一回言うことが、チャーミングに思えてくる。この「憎めない」マジックのせいで、彼らはこんなにも多種多様な人たちに囲まれて、チャーミングな欠点をすくすくとのばし続けているのである。

三月にまたひとつ年を重ねた私も、これからだんだんと自主規制をゆるめていくはずだ。自分の欠点がすでに顔を出しはじめていることを、うすうす自覚してもいる。欠点をなくしたり、克服したりするのは、どだい無理なのだ。だから目指すべきは、悟りでも賢さでもなく、「憎めない」人になることなのである。

かわいさの呪縛

年齢を重ねることによって失われていくものは、多々ある。体力もそうだし、基礎代謝量もそうだろう。好奇心や向こう見ずさも減っていく。「失う」という言葉がそもそもネガティブな響きを持っているから、若いときのほうがよかったような錯覚を抱きやすいが、でも、失ってよかった、心底よかった、というものも、たしかにある。

私の場合、たとえばそれは自意識である。自意識の内訳の大半は、容姿コンプレックスであった。十代から二十代半ばにかけてがピーク、あとはゆるやかにゆるやかに下降線をたどっていった。

親や親戚が、「かわいい」と言うそのかわいさと、第三者が「かわいい」と言う言葉の意味が、まるきり異なると気づいたのは中学生になってからである。小学生のころ、親戚のほかに同級生の男の子も私を「かわいい」と言ってくれていたので、無意識に自分をかわいい側に分類していたが、それがまったくの誤解であったと生まれてはじめて知るわけである。性別を意識しはじめる小学校高学年の男子が使う「かわいい」は、当然ながら、親戚寄りのものだったのである。恋愛に発展することを望むような「かわいい」は、まず、他者のいる前で堂々と発されることはない。

自分が美しくはないということは、もっとずっと前から知っていた。「かわいい」が砦であったのだ。しかし第三者的にはかわいいという範疇からも外れてしまう。この事実に私はおののいた。ときを同じくして私は太りはじめ、太っていくことにもおののいていた。

この容姿問題には逃げ道がある。「私はかわいくないかもしれないが不細工とまではいかないであろう」「私は痩せてはいないが太っているというよりぽっちゃりだろう」という「中庸」にすがるのである。その中庸は、ある意味ではパラダイスである。そこに安住していれば、きれいになろう、痩せようという努力を放棄できる。しかも、私が通っていたのは女子校だったので、異性という存在をその中庸に持ちこまなければ、ますますパラダイスはパラダイス然とした。

パラダイスというのは、何もかもがバラ色で幸せ絶好調ということとは、違う。努力をしなくていい、がんばらなくていい、そのままでいい、何もしなくていい、という意味合いでの、パラダイスである。だから、なんとはなしに、つらい。自分がきれいではないことが、つらい。ドーナツとココアを食べ飲みしてごろごろしながら、ポテトチップスを一袋食べてにきびを作りながら、ああ、つらいと思っている。楽であることと幸せであることはまったく異なるのだ。

今考えると不思議である。もともときれいであって、それがなくなって、つらい、というのならわかるけれど、もともときれいではなく、何も失っていないのに、なぜあんなにつらかったんだろう。得る、失う、ということよりも、自分が自分でいることが、つらかったのかもしれない。

女子校を出て、異性も、年齢の違う人もいる世界に出ていって、私のパラダイスは崩壊した。漠然としたつらい、という気持ちは、そのままコンプレックスになった。

私はきれいでもなく、かわいくもない。以前は「でも不細工とまでは……」という逃げ道があったが、「いや、かわいいと不細工に二分したら、不細工側ではないか」と思うようになり、でもそれではあまりにつらすぎるので、「もし百人の異性が判断したら、五人くらいはかわいい側に入れてくれるくらいの不細工ではなかろうか」と、自分でもこわくなるほど細かい順列を考えていた。

恋愛が絡むとさらにコンプレックスは深くなる。うまくいってくれればいいが、いかなければ、その理由はすべて容姿のせい。私がもっとかわいければ、私がもっときれいだったら、うまくいったはず。好きな人が女の子と歩いていると、まずその子の容姿をチェックする。もちろんだれでも自分よりはきれいでかわいくて、またまた落ちこむ。

これは下降線をたどりながら、三十代の前半まで続いた。恋人ができても、やっぱり容姿問題は気になったし、「かわいいと不細工に二分したら自分はどこか」という異様な考えは捨てられなかった。

三十代の半ばを過ぎてようやく、そうした問題から解放された。自意識はまだある。けれど容姿問題については、驚くほど興味がなくなった。どうでもいいのである。自分が不細工だろうとなんだろうと、本当に、どうでもいい。かわいくなくてはならない、という呪縛（じゅばく）も消滅する。かつては通りすがりの若い男に「ブス」と言われたりすると（実際に幾度か言われたことがある）、数日間本気で落ちこんだが、年齢を重ねると、そもそも若い男は私なんか見なくなる。もしブスと言われても、もしかして私のことが気になったの？　と図々しく忍び笑いをするであろう。

気になるのは、自分の容姿ではなく、外見になる。自分にたいして気になるのではなく、会う相手にたいして、失礼にならないか、不快にさせないか、気になるのである。明日会う人に失礼だから風呂には入っておこう、とか、ちゃんとした場だからそれなりの格好をしよう、とか、化粧をしないのは相手に失礼だ、とか、そういうことが気になるのであって、闘う対象が世間あるいは異性の目ではなく、自分のだらしなさになる。

電車やバスに乗っていて、制服を着た女の子たちが大勢乗ってくると、そのまぶしさに見とれてしまうことがある。わあ、きれいだなあ、かわいいなあと思う。顔のパーツではなくて、その姿そのものが光を放っているのである。その光が、かわいく、きれいなのだ。どんな子も。若いってすごい、と思う。

そのきれいさについて、たとえば十代の私に説明したとしても、私はまったく耳を貸さず、いじいじとうつむいていじけて悩んでいただろう。そのうつむき加減が、どんどん光を奪っていくのだと気づかずに。

好きな言葉

ノーカロリーとか、カロリーオフって、なんと魅惑的な言葉なんだろうか。昔々はカロリーなんて言葉はあんまり聞かなかった。当然、カロリーオフ商品なんてものも、存在しなかった。カロリーオフと通常カロリーと、同じもので二種類並んでいたら、間違いなく私はオフを選ぶ。ノーがあればノーを選ぶ。カルピスにカロリー控えめのカルピスダイエットが出たときは「待ってました」と心のなかで万歳をした。

けれども、世のなかにはカロリーのあるほうを選ぶ人もいる。知り合いの中年男性は、炭酸飲料でも食品でも、カロリーオフ、カロリーカットのものはまず買わず、高カロリーのものを買うという。「だって、同じ値段ならもったいないじゃん、カロリーが」とのこと。当然ながら、この人は太ることのできない体質で、若いころはそのことを気に病んでいたらしい。

実際は、私はカロリーが好きだ。同じ飲料もしくは食品で、通常のカロリーのものと、カロリーオフに工夫されたものを食べ飲みくらべると、私は完全にカロリーの高いほうをおいしいと感じる。たとえば牛乳。私は牛乳を愛しているのだが、だからといってカロリーの低い低脂肪乳や無脂肪乳を飲むことができない。牛乳のように愛せない。あまりにも違いすぎる。

我が家のオーブンは、油を使わず揚げもののできる仕様で、使いはじめのころは、カロリーオフだと意気ごんで、唐揚げやトンカツをこのオーブンで作ってみた。たしかに唐揚げになるし、トンカツになるし、台所は汚れないし、油の始末もないしで、こりゃいいわ、と思った。思ったが、やっぱりどちらがおいしいかというと、油で揚げたほうがおいしいのである。ひととおり油を使わない揚げものを作って、結局のところ油に戻った。

たぶん、私の好物のなかに「カロリー」というものがあるのだと思う。好きな食べもの、豚肉、羊肉、茄子(なす)、湯葉、カロリー、桃、梨、みたいに。

しかしおいしいという理由だけで単純に好物を選んでいたのは、三十代の半ば過ぎくらいまでだ。気を抜いてカロリー愛に溺(おぼ)れていると、すぐに中性脂肪値が上がり、高脂血症の判定が出るという、自覚が生まれたのである。そりゃあ、カロリーオフのアイスクリームより、ハーゲンダッツのクッキー&クリームがおいしいことはよく知っている、でも今はとりあえず、カロリーオフなら食べてヨシとしようか……といったような考え方に、否応なく切り替わった。カロリーオフ、ノーカロリーという言葉が、おいしい、おいしくない、という分類とは異なった輝きをたたえるようになったのである。

最近になって、私にとってまた魅惑的な言葉が増えた。それはデトックス。最初この言葉を聞いたときは、こわい、と思った。濁音ではじまる単語の響きがこわい。しかも、体内に蓄積した毒素や老廃物を出す、というこの言葉の意味もこわい。毒素なんてそのまま言葉がこわいし、老廃物も、「老」「廃」が、「物」というところがこわい。それを出す、という説明の曖昧さもどことなくこわい。

私ははじめて聞いたときは「老廃物」とは「物」というだけあって、固形物を想像していた。胆石のようなものである。それが、何かすることによって（どこかから）デトックスされる、ような理解である。胆石は猛烈に痛いというから、老廃物も排出されるときはそれなりの痛みがあるのだろうと思っていて、そのこともまた、こわかった。

どうもそうではないらしい。老廃物も、毒素も、固形などではなく微少なもので、汗や排泄物などといっしょになって出ていく、という。

ここまでなんとなく理解できてはじめて、「あっ」と思い当たることがあった。

マッサージで、施術後に、無性にトイレにいきたくなるものといきたくならないものがあることに、思い至ったのである。マッサージとは、足つぼとか、リンパドレナージュなどである。施術中はとくになんともないのに、終わったとたん、猛烈な尿意に襲われる。それがつねづね不思議だったのだが、あれってつまり、排泄物や毒素が、うまいこと排出に誘導されたということではないのか。

医学的・科学的・客観的根拠のまるでない、ただの個人的感覚によって、私なりに「デトックス」を体で理解した。尿意を催すマッサージが私には効いているもので、そうでないものは効き目今ひとつ、ということなのだろうと理解するやいなや、とたんに、デトックスという言葉から濁音の恐怖はすっかり消えて、魅惑的に輝き出したのである。

今や、デトックスと聞くと「何々、何がデトックスにいいの」と首を突っこみたくなる。

年齢を重ねると、健康関係の言葉が、次第に、あるいは急に、それまでとは異なった輝きを放ったりするのだなと、最近になって思うのだが、しかし、生来が怠けものなので、それらの知識は深まらない。老廃物と毒素の関係もよく知らず、なぜ尿意を催すマッサージとそうでないものがあるのかも、わからない。

けれどこのくらいでいいのではないか、とも思う。かつて、仕事をリタイアした年長の友人が、急に「もう何もかもが面倒になった」と言い出したことがある。いったいどうしたのかと訊いてみると、暇なので毎日昼間に見ているテレビで、一昨日は納豆がいいと言い、昨日は小松菜がいいと言い、今日はココアがいいと言う。真剣に見ていると、ぜんぶ「いい」根拠が理解できるので、買いにいってしまう。でもきっと、明日はまたべつのものがいいと言い、明後日もそうだろう。ぜんぶ聞いていたら、どうなってしまうのか、と言うのである。あんまり知識を得すぎると、それはそれで、生きていくのも面倒になるようである。

それにしても、かつて好きな言葉と言われれば、人生を示唆するような格言が口をついたものだが、今そう訊かれてぱっと思いつくのが、「カロリーオフ」や「デトックス」というのも、どうかと思う。もちろん、思い浮かべるだけで、馬鹿正直に答えたりはしないけれど。

眼鏡憧憬

視力についてあれこれと考えたことがない。考えたことがない、というのは、なかなかにおそろしいことである。考えるという癖がついていないのだ。考える、ということ自体思いつかない場合すらある。

子どものころから視力がよかった。ずっと1・5だった。小学生のころから、高校を卒業するまで、ずっと変わらず1・5なので、それはもう、靴のサイズより変動しない何か、と無意識にとらえていた。

大学生になって、私は急に眼鏡にあこがれるようになった。なんだかかっこいいと思ったのである。視力が悪くなればいいのになと不遜なことを思ったが、それでも1・5のままなので、伊達眼鏡を買った。しかしながら、伊達眼鏡をかけてみるとなんだかかっこわるい。「伊達」というのが見え見えで、それは「お洒落したい」「変身したい」という自意識までも見え見えということを意味する。伊達眼鏡は、結局買っただけで、あんまり使わないまま、引き出しにしまった。その後、ずっと眼鏡と縁なく暮らしてきた。

何かものが見えづらいとはじめて思ったのは、三十代の半ば過ぎ。興味本位で眼鏡屋さんにいき、視力をはかってもらうと、なんと両目とも0・4だという。著しく視力が下がっている！　喜び勇んで、私はその場で眼鏡を作ってもらうことにした。いろんなかたちの眼鏡フレームをわくわくと試したのだが、なんということか、ほぼぜんぶ、似合わない。こんなにも長く眼鏡と縁なく暮らしていると、眼鏡の似合わない顔になってしまうのだなあと実感した。ようやくひとつ、「これならなんとか、まあ、いいだろう」というかたちが見つかった。眼鏡屋さんにいちばん多いタイプの、レンズ部分が横に少し長い楕円形のフレームである。

眼鏡ができあがったとき、それをかけて家まで帰ったのだが、人の顔がはっきり見えて驚いた。今まで、ただぼんやりとしか見えていなかったのだが、もうみんなくっきりはっきり見える。私があまりにもじろじろ見るものだから、向こうも不審な顔で見返してくるのまで、見える。しかも、色彩がくっきりしている。木々の緑はこんなにもあざやかだったか、道路に引かれた白線はこんなにも白かったかと、いちいち感動した。

映画も驚いた。字幕の文字がゆがんでいないし、細部まで、まあなんとよく見えることか。

芝居も驚いた。役者の人というのは、こんなにも表情ゆたかだったのか。

十年ほど前までは、そのようなあざやかさ、くっきりさのなかで暮らし、映画や芝居を観ていたはずなのだが、あまりにもゆるやかに見えなくなっていったので、気づかなかった。

反対に、眼鏡をしてうまくいかなかったのは、ボウリングである。それまで、ぼやーんとゆがんで見えていたピンが、くっきり見えすぎて、なぜかうまくいかない。狙いどおりにボールが転がってゆかない。眼鏡を外してようやく、いつもどおりに投げることができた。

眼鏡はものめずらしいから持ち歩いていたけれど、三十数年も縁なく過ごしてきたものだから、慣れない。ずっとかけていると、軽く苛立つ。だから携帯するようにする。が、しょっちゅう携帯し忘れる。あざやかさに感動したのは最初のころだけ。だんだん、持ち歩かなくなる。映画や観劇やライブのときだけ、持っていく。それもときどき忘れる。

0・4というのは、見えづらいが、でも裸眼でまだ見える、非常に中途半端な視力なのだ。

その後、人間ドックにいくようになって、毎年きちんと視力をはかることになった。

視力をはかるとき、視力検査紙ではなく、検査器になったが、私が子どものころからまったく変わらない。輪っかを見る。穴があいているのは、右、とか、左、とか言う。あるところから見えなくなると、私は当てずっぽうを言う癖があることに、気づいた。ほとんど見えないが、なんとなく上が開いているような気がする、と思って「上」と言う。すると、それよりちいさな輪っかが出てくる。あ、当たった、と思う。今度の輪っかはもっと見えないが、なんとなく「左」と言ってみる。もう少し大きな輪っかに変わる。外れたか、と思う。それははっきりと見えて「右」と言い、また見えないマルが出てきたけれど、さっき右だったから今度は「下」……という具合。

どうしてそんなことに気づいたかというと、視力の変動が激しいせいである。0・4だった翌年、0・9になっていたり、その翌年また0・4に戻ったりしている。視力は、疲れやその日の体調で思いの外変化すると聞いたことがあるが、視力のいい年は私の当てずっぽうがよく当たったような気がしてならない。

同世代の、眼鏡をしていない友人の何人かが、最近、眼鏡を持ち歩いている。老眼鏡である。レストランに入って席に着くと、まず眼鏡をかけている。それを見るたび、私はときめく。なんだかみんなすてきに見えるのである。ふだん眼鏡をしていない人が、こんなふうに、ちょっとかけたりすると、やっぱりいいなあと思うのである。自分の携帯眼鏡は忘れるくせに、伊達眼鏡にあこがれるような気持ちになる。たぶん、眼鏡は私にとって非日常なのだろう。ふだん眼鏡をしていない人たちが、レストランで眼鏡をかける瞬間だけ、ちょっとした非日常に思えるのだと思う。

視力が0・9にあがったとき、友人にそのことを告げると、みな「あ、老眼きたね」と言った。老眼になると、ふだん視力の悪い人は、視力がアップするそうである。ついにきたか、というがっかり気分と、わくわく感を同時に覚えたのだが、たんに視力検査時の私の勘が冴えていただけだったらしく、まだ老眼にはなっていない。

しかしながら、近い将来、確実にそれはやってくる。また新しい眼鏡が手に入ることを思うと、やっぱりちょっとうれしいのである。

嗚呼、神頼み

神さまがあらわれて、自分の外見をたったひとつ変えてくれると言ったら、どこにするか。

若き日に、友人たちとだらだらと、でも真剣に話していたことである。

外見で変えたいところは多々ある。小顔になりたい。骨太をなんとかしてほしい。鼻を高くしたい。悶々と悩んだのち「腹をへこませてもらう」と私は答えた。

こんな話題が盛り上がったのは、「本当にそれでいいのか」とディベート形式で全員の考察がはじまったからである。たとえば友人Aは「エラのはらない顔にしてもらう」と言い、するとすかさずBが「顔なんて年齢を重ねれば変わる、エラもチャーミングになる」と反論、私には「腹なんて自分の努力次第でどうとでもなる」と言い放ち、本人は「脚を長くしてもらう」と言う。「脚の長さだけは変わらないし、努力でどうなるものでもない」。でも脚が長いってそんなに魅力的なことだろうかと、Cが言い出し、そのCの望みといえば「馬鹿っぽく見られることが多いから、胸をちいさくしてほしい」。それにはみんな大ブーイング、「さらしでも巻いとけ」と、ひどい言いようである。

暇だったし、悩みもなかったのだ。こんな話題で何時間でも話していられた。

それから二十年経った今、私の望みはまるきり違う。外見でたったひとつ変えてくれるとするなら、腹でもない、脚の長さでもない、顔の造作もどうでもよろしい、ぜったいのぜったいに、外反母趾をなんとかしてもらう。それしかない。

そしてあのころの、わいのわいのとやり合っていた若き娘たちに、ものすごい説得力でもって言いたい。もっと長い目で見て考えなさい。エラも、腹も、脚の長さも、胸の大小も、みな、だれかに見てもらうための見栄えの問題ではないか。しかも、エラがないほうが、腹はへこんでいるほうが、脚は長いほうが、胸はでかいほうが、あるいはちいさいほうが、見栄えがいい、という、シンプルな価値基準が存在すると信じているようだけれど、そんなのまやかしだ。十年しないうちに、まやかしだってことがわかる。だから見栄えでなくて、人の目でなくて、自分自身のもっとも困っていることを変えてもらうべきだ！　などと。

そう、外反母趾は今のところ、私がもっとも困っている体の問題である。右足がそうとうひどい。若き日にヒールのある靴などはいたことがなかったのに、気がついたら外反母趾だった。いつ気づいたかといえば皮肉にも、三十代の半ば、フォーマルな席のためにはじめてパンプスを買ったときなのである。それまで、スニーカーなどのはきやすい靴しかはいたことがなかったから、自分が外反母趾だと知らなかったのだ。

外反母趾で何がつらいって、はける靴がかぎられるのがいちばんつらい。靴を買いにいくとき、はきたい靴ではなくて、はける靴を選ぶしかないのだ。「はけるかな」と思って買って、結局痛くてはけなかった靴の、なんと多いことか。試しばきすればいいだろうと思う人は、外反母趾に縁のない人だろう。試しばきのときは、痛くない靴が多いのだ。数十分歩くと耐えがたく痛くなる。でも、そこまで試すことはできない。

外反母趾の人用の靴もあることはもちろん知っているが、あんまりお洒落ではない。なんとかお洒落と両立させたい。

デパートの靴売り場に、シューフィッターの名札をつけた店員さんが、ふつうにいるようになったのはここ数年のことだ。その人たちを見つけるたび、この数年間ずっと相談してきた。ほしい靴のイメージと予算を伝え、外反母趾でもはけるものを幾種類か選んでもらったこともある。自分で何足か選び、どれなら外反母趾でもはけるか訊いたこともある。

でも、それでいい買いものができたことはまずない。思うに、外反母趾を身をもって知っているシューフィッターさんがいないか、世のなかの大半の（カジュアルではない）靴は外反母趾ではない人向けに作られているのだ。

ランニングをするようになって、靴と同等の難題を抱えることになった。距離を走れば走るだけ、痛むのだ、外反母趾部分が。息が上がる、心臓が苦しい、足が疲労であがらなくなる、等とはまったく異なる痛み。走っていてこの痛みが強まってくると、私は毎回、人魚姫のことを思う。うつくしい声と引き替えに脚を手に入れ、でも歩くたび、燃えるようにその脚は痛む。子どものころ、「好きな人のために、そこまでするかな」と思いながら読んでいた物語を思い出し、人魚姫の恋の重さに今更ながら愕然（がくぜん）とする。こんな痛みを引き受けたのだ。脚の痛みと引き替えに私は何も得てはいないが、でも人魚姫の痛みが今ならわかる。私の痛みをわかってくれるのも、人魚姫しかいなかろう。そんなことを思いながら、走る。

あまりの痛みに耐えきれず、ランニングコーチもしている整体師さんのところで、スニーカーを外反母趾用にリフォームしてもらい、インソールも作ってもらった。長い距離を走るときのテーピングも習った。ずいぶんと楽になったけれど、それでもやっぱり長く走っていれば痛くなる。フルマラソン後などは右足の感覚がなくなるほどだ。

　ぎっくり腰をはじめて体験したとき、ぎっくり腰のある世界とない世界ははっきりと分かれている、と思った。外反母趾も同様に、この痛みのある世界とない世界がはっきり分かれていると思う。ぎっくり腰と違うのは、外反母趾のある世界の住人が、じつに少ないこと。もっと多くなれば、痛みを和らげる情報も多くなるだろうし、衣類の「大きなサイズ」「ちいさなサイズ」のごとく、もっと当たり前に外反母趾用の靴が多種揃った専用売り場もできるのではないか。

　ここまで強く執拗(しつよう)に言われたら、腹をへこませることを夢見ていた二十代の私は、たじたじと「わ、わかりました、仰せのとおりに……」と納得するだろうけれど、もちろん、そんな願いを叶えてくれる神さまはあらわれなかったし、これからもあらわれる気配はない。この先ずっと、この痛みとつきあっていくしかない。人魚姫を心の友にしていくしかない。

待ってはいるのだが

おそらくもうじきくるのだろう、と思って待っている体関係のことに、老眼と、更年期障害がある。老眼は、同世代の友人たちが続々なっていくので、どういうものかだいたいわかっている。しかし更年期障害というのは、そんなにわかりやすいものでもないようである。しかも、「きた？」「きた、きた」と老眼について語るように語り合うものでもないらしい。私の周囲で更年期障害について語る同世代の人は、あんまりいない。

更年期障害というのは、閉経に向けて卵巣機能が衰えはじめ、女性ホルモンが減少することによって起こる、精神的肉体的変化のことを言う。でも、その症状となると、人それぞれで、ちょっとわかりづらい。それがはじまりやすい年齢は四十代の半ばというから、私はどストライクなのだが、この年齢にもまた個々の差があるらしい。

インフルエンザとか風疹（ふうしん）とかと比べたら、なんだか曖昧ですっきりしない何か、という印象にどうしてもなってしまう。もちろん病気ではないから、そうしたものなのかもしれないのだが。

昨今は更年期についてよく考えている私だが、「もしやこれは……いよいよか」と思うことがある。それは、汗をかいたとき。

外を歩いてきて、室内に入る。バスや電車に乗る。すると大量の汗が噴き出す。えー、これ、見ている人は引くだろうなあと思うくらいの汗。でも、いつもいつもではない。

しかし、汗って、かいているのがふつうなのかおかしいのか、これまた、わかりづらいと思いませんか。

夏場、炎天下を十五分ほど歩いて室内に入ると、だーっと汗が流れ出るが、これはだれでもそうだろう。電車に乗っても汗は流れ、過度の冷房でそのうち汗が引いて寒くなる。

先日も酷暑のなか、友人宅に遊びにいったのだが、駅から十五分歩いてたどり着いたそのおうちは、冷房がかかっておらず、勧められてソファに座ったとたん、水道の蛇口が開ききったごとく汗が流れてきた。頭皮から腕から首からもう至るところから。自分でもこわくなるくらいの汗で、「これは更年期だろうか」と私はひそかに考えた。「いや、たんに暑いだけか？　暑いだけにしては汗の量がすごすぎないか？　それとも、とっても暑いのか？」

私の向かいでにこやかに話しはじめた友人は、話している途中で尋常ではない私の汗に気づいて、さりげなく立ち上がり冷房をつけてくれた。そのさりげなさが、いかにも気遣ってくれているふうだったので、「私更年期かな?」と訊けないままになってしまった。

冬場でも汗がどっと噴き出すことがある。ああ、やっぱりこれは、と思う一方で、待てよ、とも思う。

じつは私は昔から汗問題で悩まされている。血圧が低く、また、空腹になると低血糖の症状になりやすい。まず汗が噴き出し、力が入らなくなる。そのままで終わることもあるが、ひどいときは、目の前が真っ暗になって、倒れることもある。倒れるのは一瞬で、意識は数秒で戻る。

十代のころからそうなることが多く、幾度も病院にいった。鉄分が足りないと言われることもあれば、血圧の低さを指摘されることもあり、低血糖気味だと言われることもあった。なんにせよ体質的なものでこれといった治療法はなく、指導されるのは、ごはんをしっかり食べること、鉄分をとること、飴(あめ)などを持ち歩くこと、くる、と思ったら横になれるような場所に速やかに移動すること、といったようなことばかりだった。数年前、この症状で頻繁に倒れた時期があって、さすがに心配になったので病院にいったところ、数値的にはなんの問題もないので、心療内科にいったらどうかと言われるありさま。ストレスが多くても、そのようなことになるらしい。

心療内科にいってもおそらくなんの解決にもならないだろうと思ったので（三十年も前からずっとこうなのだから）、その後はともかく倒れないように気をつけた。汗が噴き出て力が入らなくなったら、すぐ座る。休む。甘いものを口にする。これで倒れることはずいぶん減った。

そんなわけだから、汗に慣れているというか、多量の発汗をして、即「きました更年期障害」と言い切れないようなところがある。目の前が真っ暗になる直前の汗だらだらと、未知の更年期のそれと、区別がつかないのである。

先だってテレビをつけたら、なんと私を待ちかまえていたかのように更年期障害向けの薬のコマーシャルをやっていた。コマーシャルで説明されていた更年期障害の症状は発汗にくわえ、イライラとやる気の減退。

イライラとやる気の減退……。ここしばらくの自分を思い起こす。イライラもやる気のなさも充分思い出せる。けれども、ここしばらくよりずっと以前を思い出しても、やっぱりイライラとやる気のなさは身に覚えがある。私は短気で、レジに列ができていてもイライラし、イライラのあまり買いものせずに出てくるし、掃除をする前も、仕事をする前も、「やりたくない、ああ、やりたくない」と思っている。必要なものを入れた鞄が重いだけで、自分でも呆れるくらいイライラし、来月の締め切り表を眺めては「すべてを投げ出して遠くへいきたい」と日々、考えている。

もしかしたら私は、十代のころから更年期的体質であり、更年期的性格だったのではないか。おびただしい発汗、つねに苛立ち、すぐにやる気をなくす。

だとするならば、いざほんものの更年期障害がやってきたとき、よく知っているものとしてすぐなじめるのか、それとも、こんなふうに思っていることがなつかしくなるくらい、もっともっとたいへんなものなのか。そんなことを日々考えている四十代の半ばである。

強かったり弱かったり

風邪をひかない。

今年の夏に一度、鼻の奥がカピカピしたことがあって、「ああっ、このなつかしい感覚は、風邪だ！」と思い、仕事との兼ね合いをどうしようか悩みつつ、くるならこいと待っていたのだが、一日鼻の奥がカピカピしていただけで、熱も出ず、だるくもならず、なおってしまった。いや、風邪になっていないのだから、なおるというのもへんか。

最後に風邪をひいたのはいつだったか思い出せない。けれどたしかそのことをエッセイに書いたので、さがせば、だいたいいつくらいのことかわかる。どのくらい風邪と縁がないのか知りたくなって、パソコンに保存してある過去原稿をさがしてみた。

六年前だった。

なぜこのときのことをエッセイに書いたかというと、不思議な体験をしたからだ。薬局のレジ列に並んでいるときのことだ。わきの棚に置いてある風邪薬に、目が自然と吸い寄せられる。見るつもりもないのに、気づくとそのパッケージを凝視し、文字を熟読している。薬局を出てその薬のことなどすぐに忘れたのだが、数日後、突如風邪をひき三十八度の熱で寝こんだ。あの風邪薬を思い出し、あれは無意識の予知ではなかったのかと思った。私たちのだれしもが、そんな原始的な予知能力を持っているのではないかと思ったのだ。

その風邪が最後で、それ以来、ひいていない。私はこの、「ひかない」ということについて、ときおり考える。なぜ風邪をひかないのか。

健康体は健康体ということなのだろうけれど、ずーっとこのような状態なわけではない。脳貧血で倒れてばかりの時期もあれば、熱ばかり出している時期もあった。

ノロウイルスならぬロタウイルスにかかったこともある。立てないくらいおなかが痛くなってのたうちまわり、猛烈な吐き気に見舞われ、熱もあり、なのに震えるほど寒い。タクシーで病院にいくや、点滴を打たれ、ロタウイルスに感染しているという説明を受けた。ロタは、ノロと違って、おもに乳幼児やお年寄りといった、免疫力の弱い年齢層がかかり、重症化するという。よほど免疫力が落ちているのね、とお医者さんに言われたけれど、免疫力というものは睡眠不足などと違って自覚できるものでもない。入院しますかと訊かれたが、財布しか持っていなかったので断って、点滴後に帰った。

これはいつだっけ、とまたしても気になる。エッセイには書いていないが、この当時の日記には書いてあるはず、と調べると、これは七年前。俄然興味が出てきて、この時期の日記を調べると、おお、発熱、あるある、風邪ひいた、あるある、インフルエンザかと思ったが違った、あるある、一年に二、三度は寝こんでいる。

しかし九年以上前になると、発熱や風邪といった記述もないが記憶もない。

健康体、とはいえど、百パーセント善人、という人がいないように、百パーセント健康、という人もいないのではないか。ある時期、自分のコントロール外で免疫力がぐーっと下がり、ある時期、ぐーっと強くなる。

病は気から、というけれど、この弱いとき、強いときというのは、気持ちやストレスと関係があるのだろうか。脳貧血でしょっちゅう倒れているときは、ストレスが原因の場合もあるとか、心療内科へいけなどと言われたけれど、ロタや風邪にかかっていたとき、とくべつストレスフルだったり気持ちが弱ったりしていた覚えがない。

もともと体が弱く、そのことを自覚している人や、体調に敏感な人は、漢方やサプリメントや、運動やお茶や、風呂や断食や、さまざまな方法でおのれの体を守っている。風邪をひく時期があり、ひかない時期がある、などと、当たるも八卦(はっけ)当たらぬも八卦のような運任せにはしない。

そして体質とはまったく別問題として、私がこんなにも風邪をひかないのは、移動距離が短いせいではないかと思うときがある。

朝起きて、徒歩二十分の仕事場にいく。五時に仕事を終えて、地元商店街で買いものをして帰る。これがごくふつうの一日。夜、友人や夫と飲みにいくときも、ほとんどの場合が地元。電車に乗ったり、人の集まっている場所にいく機会が、たいへんに少ない。

私の周囲で、風邪をひいたとしょっちゅう言っている人は、電車を乗り継いで会社に通っていたり、コンサートや芝居にしょっちゅういっていたり、繁華街が大好きだったり、お子さんが保育園や小学校に通っていたりする。徒歩圏しか移動しない私より、ウイルスにさらされることが格段に多いはずだ。

そうしてよく思い返してみると、よく発熱していた七、八年前。私は三十代後半で、食べることにかんして、それまで持ったことのない情熱を抱いていた。仕事相手や友だちと食事をするということになると、評判の店が集中する都心方面を積極的に選んでいた。電車を乗り継いで、麻布だの広尾だの恵比寿だのに出向いていくのが、ちっとも億劫ではなかった。たしかに、あのころの私は、人生でもっとも果敢に移動していたのかもしれない。

その後、加齢とともに、都心に出向くことはどんどん面倒になり、はたまた、ものすごくおいしい店に一時間かけていくよりは、まあまあおいしい近所の店のほうが気楽、という、食にたいするおじさん化が進み、今では飲み会や会食といえば、地元で設定することが多くなった。移動距離はまた激減して今に至っている。

体質もある。免疫力もある。ストレスもある。栄養もある。でも、移動距離というのも、ことウイルス系の病気を考えるとき、ずいぶん重要な要素なのかと思いつき、続けて、だからあんなにマスクをしている人が多いのかとあらためて気づいた次第。

目に見える加齢

年齢を重ねると、徹夜ができなくなったり、脂っこいものが食べられなくなったりと、まあ、いろんな変化が起きるわけだが、起きるたいていは目には見えない。同世代のだれかと「ほら、こんな具合」と見せ合うことができない。

目に見える加齢の第一歩は、白髪ではないか。しみだのしわだの、贅肉(ぜいにく)だのいろいろとあるけれど、トップバッターは白髪であるように思う。

十代のころ、白髪染めというものがあると知り、私はそれを嫌っていた。母親を含め、白髪染めをしている人は、髪が不自然に黒々としていて、その黒々具合が好きではなかった。私は年齢を重ねたら白髪はそのままにして真っ白い頭になるのだ、と思っていた。

幼かったなあ、と思う。白髪が出はじめて、すぐに頭髪がみな真っ白になるはずもない。ちょろり、ちょろり、とあちこちに出て、ぱっと見れば今までどおり黒や茶の髪なのだが、なんとはなしに疲れて見え、「ああ、白髪が増えたのだ」と気づかされる。白髪があちこちにあると、どういうわけか、疲れたりやつれたりして見える。ここに白髪が、ここにも白髪が、とわかるわけでもないのに、なぜか、全体的に雑な印象になる。か弱そうな白髪の、不思議な威力である。

幼い日、私が敬遠していた白髪染め女性たちはみな、この「雑な印象」から逃れたくて、一網打尽的に白髪染めをしていたのだろう。

この白髪にも、ものすごく個人差がある。

二十代のころに、急激に白髪が増えはじめ、三十代半ばではもうロマンスグレーのような人がいる。なぜかかならず男性である。ここまで一気に白髪が増えると、白髪染め云々などとは考えないようで、多くの男性がそのまま増殖にまかせている。ほとんど完成されたロマンスグレーなので、雑な印象もない。

学生時代の友人に久しぶりに会ったら、そのようなロマンスグレーになっていて、驚いたことが幾度かある。その後の彼らを見ていると、真っ白にはならず、白の割合の多いロマンスグレーを保ったままでいる。

『あしたのジョー』という私の愛する漫画のラストは、試合を終えたジョーがコーナーに戻り、口元にほほえみを浮かべている場面なのだが、ここでジョーはトランクスも髪も、生々しい傷跡以外真っ白に描かれる。そうして「燃えたよ……まっ白に……燃えつきた……まっ白な灰に……」という有名なせりふがある。幼いころにこの漫画を読んだ私は、これを、あまりの壮絶な人生経験のために、一瞬でジョーは白髪になった、と衝撃とともに理解した。その解釈が正しいのかどうかも、はたまた生死の如何も考えることなく、また、だれかと語り合うこともなく、ずーっとそう信じている（今も）。だから、突然白髪の増えた人を見ると、「何かたいへんなことがあったのではないか（ホセとの試合のような）……」と考える癖がついている。

同級生男子たちが、二十代なのにロマンスグレーになっていくときも、「この子のプライベートには何かとんでもないことが起きているのではないか（ホセとの試合のような）」と考え、その深刻さにおののいて訊けなかった。

だけれども、やはり二十代のころに毛が薄くなりはじめ、それを機にスキンヘッドにする男の子も多いことを考えると、若白髪になりやすいという体質なのではないか。

女性はやはり順調に、三十代の半ばくらいから白髪が出はじめる。自分の頭に最初に白髪を見つけたときは、かなりショックだった。友人たちと「このあいだ白髪を見つけて」「私なんてもう二年前に見つけた」と話したことがあったから、ショックを受ける人は少なくないのではないか。

この白髪、どんどん増える。一本、二本なんてかわいいものではない、ごそり、と群生する。ジョーほどはげしい人生経験は積んでいないが、やはり何か悩みごとやストレスと、白髪の増減には関係があるのではないかと勝手に思っている。

抜くと増える、とも言われている。根拠があるのかないのか、はたまた事実なのかそうでないのかもわからないけれど、これはあまりにも有名で、私ははじめて白髪を見つけたときから、今の今まで抜いたことがない。増えるのがこわいからだ。

しみとかしわとか、今まであり得なかったところにつく贅肉とか、「それはもうそうした年齢だからしかたない」と、対抗するのが面倒すぎて漫然と受け入れている私だが、白髪だけは、なんとかせねば、と思う。見かけで、「老けたな」と思われるのは事実だからしかたないとしても、白髪が作り出す「雑な印象」は、やはり私も避けたいのである。

そうして白髪が目立ってくると美容院にいく。といっても、やはり白髪染めは苦手なのでやらない。白髪に色をつけるのではなく、白髪が目立たないように茶がかった色のメッシュを入れてもらう。美容師さんの提案で、髪があまり傷まないらしい。

子どものころに思い描いた「真っ白い頭髪」までには長い道のりがある。しかも、いわゆる真っ白にはならないだろうから、白く染めなきゃいけないのではないか。

中高生のころ、髪が人生の重要な位置を占めていて、前髪を切りすぎたら絶望したし、寝癖がなおらなかったらその日は学校を休みたかった。今思えば、髪ごときでなぜあんなに絶望したり浮上したりしたのだろう。しかし、あそこまで重要ではないものの、白髪を含む髪問題は今なお存在していることになる。

若きころにすっぱりとスキンヘッドにした男友だちが、ときどきうらやましくなったりする。

かなしい低下

実家から持ってきた、たとえばドストエフスキーの文庫本をあらためて開いてみると、その字のちいささと、びっしり感に驚く。そしてこんなものを齧りつくように読んでいたかつての自分に、再度びっくりする。ああ、私、若かったんだなあと思う。

一昔前の文庫本はみんな字がちいさくて、びっしりしていた。それがふつうだった。けれども、今のように字も間隔も大きくなった本に慣れて、さらに年齢を重ねてみると、読書にも年齢は関係するなあ、としみじみわかる。

ドストエフスキーとかトルストイとか、ああした分厚いものを、ちびっこい字で読む、しかもむさぼるように読む、短期間で読み終える、というのは、若いときにしかできない読書だ。大人になって読み返して、こんなものを高校生が理解できたはずはないではないか、と思うのだが、理解力で読んでいたのではない、体力で読んでいたのだ。『罪と罰』を数年前に読み返したところ、内容なんてまったく覚えていなかった。ただ、陰鬱(いんうつ)で重苦しい空とひりつく冷たい空気だけが、記憶のとおりだった。

運動能力とおんなじで、十代の半ばから二十代の半ばくらいまでが、きっと読書体力のピークだと思う。もちろん、みんながみんなそうではない。これもまた運動とおんなじで、子どものころにどのくらいその力を発達させたかということによるのだろう。幼少時に読書能力を培った人は、理解だとか共感だとか、まして教養のためだとかで読むのではない、有り余る読書体力を消費するためにがしがし読むのである。だから本の内容やそのなかの一文は、覚えていなかったりする。読んでも読んでないのとおんなじじゃないかと、まさにそういう力業で読んできた私は思う。体力は消費されたけれど、本の中身は身についていないのだ。身についたのは、習慣的に「読む」ということだけ。

反対に考えると、読書体力を子どものころにまるで使わなかった人は、その体力が落ちる三十代、四十代になって、さて読むぞと本を開いても、よほど興味のある本でないかぎり、読めないのではないか。読書なんかより、やるべきことはずっと増えているわけだし。それは、三十三歳までまったく運動をしなかった私が、急に運動をはじめても、めざましく上達しないのとおんなじだと思う。長く運動してきた人の持っている「勘」みたいなものが皆無なのだ。

食べものの好みも大きく変わらないし、体力が落ちたということもさほど感じない私が、四十代になってもっとも実感したのが、読書体力の低下だ。習慣は根づいているから、読む。どこでも読む。風呂でも電車のなかでもひとりの食事中も、どこでもかしこでも読んでいる。でも、遅い。ものすごく遅くなった。うわー、おもしろい、なんてすごい本なんだ！　と思っていても、遅い。その遅さに、まだ慣れない。いつもならとうに読み終えているはずなのに、なぜまだ半分もいかないんだろう、と不思議に思い、ああ、と思い当たる。私、年をとったんだなあ、と。

至るところで、同時進行的に本を読むので、読み終えていない本が家にも仕事場にもある。それを見るたび、かなしいようなやりきれないような気持ちになる。できることができなくなった、という、年をとることの負の部分を直視させられるのだと思う。習慣がなかったら、そのかなしさやりきれなさのあまり、読書なんかしなくなったかもしれない。

スポーツに秀でていた人が、あるときがくんと体力的に追いつかなくなる、そのとききっと私と同じような思いを味わうはずだと想像する。

自分でもちょっと意外だったんだけれど、もっとも読むのがたいへんになったものが、漫画である。

漫画って、読むのはものすごく楽だと思っていた。文字だけの本は読まないけど漫画なら読む、という若い人だってたくさんいる。字がいっぱいあるのは面倒で、絵があるものは楽に読める、と思いこんでいた。

私にかぎっては、そうではなかった。絵と文字と、いっしょに見るのがしんどくなってきた。こんなことになろうとは、夢にも思っていなかった。

仕事の時間を決めず、好きなときに休んで好きなときに働いていた二十代のとき、明日から雨の日が続くと天気予報で聞くと、わくっとした。雨が降らないうちに漫画をたくさん買いこんできて、雨のあいだずーっと、ずーーーーっと読んでいる。至福だった。三十巻、四十巻と続きものの漫画を、二十代半ばまでは古本屋さんを巡って揃えていたけれど、新刊書店の棚にささったものを、十冊単位で両手でつかみ、レジに持っていけるようになったときは「大人になったものだ」としみじみ実感した。

漫画を読むのがたいへんになったという事実をすっかり忘れ、かつての気分でたくさん買いこんで、未読のまま山となっていくことが、最近多い。これもまた、困ってしまうほどかなしい。

実際に、漫画を読むのには体力や能力がいる、とある漫画編集者が言っていた。その人もあるときにがくんとその体力が落ち、読むのにやたらと時間が掛かるようになり、でも仕事で必要だから、鍛え続けてなんとか持ちこたえた、と話していた。文字と絵をいっぺんに脳みそで処理するのは、文字だけを読むのとは異なる力らしい。漫画好きの子どもが多いのもなんだかうなずける。

そういえば、私は子どものころ漫画を読まなかった。読むようになったのは、十八歳からだ。そうか、子どものころに漫画体力を鍛えなかったから、基礎体力も習慣も、加齢とともに崩れ去っていくのだな。私も、これ以上漫画体力が目減りしないように、鍛えなくてはならん。

若き日の自分が今の自分を見て、驚くことは多々あると思うけれど、「漫画体力を鍛えねば」と課さなければならない自分に、ものすごくびっくりするだろうなあ。それどころか、失望も。

短気と集中

一年の抱負を、毎年元旦に決めて、忘れないよう書きつけている。そうしてわかったことは、抱負はいつか現実となる（ことが多い）が、その年のうちには実現しない、ということ。二十年以上抱負を書き続けた結果わかったことで、その根拠もあるのだが、以前どこかでエッセイに書いたので、ここでは書かない。でも、本当だ。

この十年ほど、私の抱負は「仕事のペース」関係が多かった。

自分のペースを作る。

締め切りを減らす。

仕事をしない。

断ることをおぼえる。

生活に余裕を持つ。

ずーっと、だ。二〇〇三、四年のあたりからとにかく仕事が増え続け、ペースなんて崩れに崩れ、余裕のない日々を送っている。十年前からそのように書きつけながら、年内には無理だろう、来年も無理だろう、でも、今こうして書いておけば、五年後には、いや、七年後には、ぜったいに現実となる。と、思い続けていた。

このごろになってようやく、一時期よりは締め切りも減り、九時から五時までという仕事時間を、十時から五時に変更しようかなと考えられるようにもなった。油断するとすぐに余裕がなくなるほど多忙になるが、でも、十年前に比べたらだんぜん、楽である。

十年前から続く数年。ひと月に、三十枚から五十枚の短編小説を、七つ同時に書いていた。そのほかにもエッセイの締め切りが二十個くらいあった。当然、九時五時では間に合わないが、休日には仕事をしたくない、残業もぜったいしたくなかったので、やむなく、朝を早くしていた。いちばん忙しいときは、午前五時から午後五時まで、仕事場にこもって書いていた。

そのときは、とくにがんばっている気持ちはなくて、「しかたないなあ」という感じで四時過ぎに起きていたのだが、今あらためて思い返すと、なんてことだろうと思う。そんなこと、よくやってたなあ！　と、我がことながら、驚いてしまう。その生活を思うと、若かったのだと心から実感する。そんなことは四十代半ばの私にはもうできない。早起きもできないし、七つの小説を同時に書くなんて集中力は、ない。

集中力。これもまた、なかなか加齢を実感しにくい力であるが、あのころを思い返せば、確実に落ちている。五時から五時まで仕事場にいるなんて、ずーっと仕事をしているなんて、今の私には不可能だ。九時から五時まで仕事をしている今も、集中力は十分程度で切れて、インターネットでレシピを検索したりし、「いけないいけない」とまた仕事に戻り、また切れて、今度はメールチェックをするありさま。十年前だってそのようなことはしていたが、もう少し、頻度が低かったように思う。

ごくまれに、はっと気づいたら、「あっ、今ぜんぜんインターネットも見ていないしメールチェックもしなかった！」と思うほど、集中していることもある。そんなとき、自分で感動するくらいうれしいのだが、ちょっと前までは、そんなことはよくあることだった。

私は仕事中音楽をいっさいかけないが、一曲目の途中から聞こえなくなるから、というのが理由だった。二十代のころは音楽をかけていたのだが、一曲目の最初だけ気分よく聴いていて、はっと気づくと、CDは終わりしーんとしている。聞こえないなら無駄じゃないかと思って、音楽をかけるのをやめたのだ。今もその習慣によって音楽をかけることはないが、もしかしたら今は、全曲ばっちり聞こえてくるかもしれない。

集中力って衰えるんだなあ、十年前から「仕事を減らす」を目標にしてきてよかったなあ、などと考えていて、はたと思いつくことがあった。

私は若き日から短気なのだが、このところ、短気に拍車が掛かったような気がしていた。もともと苦手だった行列がさらに苦手になり、エレベーターを待つ時間もイライラし、昼食時に料理がなかなか出てこないと、その店を選んだことを激しく後悔する。人って年齢を重ねると、長所より短所がより強調される、というのが私感だが、私の場合は、短気がより短気になっていくのか、となんとなく思っていた。

これはもしや、集中力と関係があるのではないか。何かを「待つ」ことには集中力が必要で、でもどんどん集中できなくなって、イライラするのではなかろうか。

ずっと昔、待つのが嫌いな私は、待つあいだ本を読めば苦痛が和らぐと気づいたことがあった。それで、ATMの順番待ちも、エレベーターを待つ短いあいだすらも、私は本を開いていた。けれどその、つかの間本を読むことにすら集中できなくなって、そのことにイラついているのではないか、と思ったのである。とすると、この先、私はもっともっと集中力を失い、もっともっと短気になっていくのだろうか。いや、集中力がない、という状態に慣れたら、案外いろんなことがどうでもよくなって、そんなにイライラすることもなくなるのかもしれない。

集中力のない自分を受け入れる。と、抱負として来年、書きつけようかな。五年後には、実現していることだろう。

薄着がこわい年齢域

衣類にかんして、私は自分の好きなものを買い、好きだからという理由で着ている。好き、というのはブランドとかデザイナーとかではなく、たんなる見た目だ。他人の目を気にすることもない。夏はノースリーブをよく着ているが、あるとき、勇気があるねと知人に言われて、意味がわからなかった。その意味を訊けば、立派な二の腕を隠さないところが、勇気あり、とのことだった。私はこのときはじめて、肉のついた二の腕を、袖で隠すという考えがあるのか、と知った。でも、自分の肉のついた二の腕は自分には見えないんだから、いいじゃん、どうでも、と、思ってしまう。

そんなわけで、衣類というものは、世のなかの多くの人が、自分の好きなものを買い、好きなように着ているのだとずっと思っていた。そうではないと知ったときは、衝撃的だった。好き嫌い、ではなく、着心地を優先する人もいれば、暑さ寒さを優先する人もいるのだ。その人たちは、このデザインが好き、とか、この色がすごくいいから買おう、などと思うより先に、「生地がごわごわして動きにくい」とか「これならしっかり防寒できる」等の理由で、かわいいだとかすてきだとは思わない服を、買うらしいのである。

そのような人たちからすれば、冬場にレーヨンのぺなぺなしたスカートをはいている私、というのは、異様に見えるらしい。半ズボンをはいている、というのも、正気の沙汰とは思えないらしい。

寒くないの、それで？　と、冬場に訊かれることがたいへんに多い。そしてこう訊かれるのが私は苦手だ。私はもともと暑がりなうえ、衣類を防寒とか防暑のためのものとして考えたことがないので、「この服のせいで寒い」などと思うことがあんまりない。もちろん、あたたかいだろうと思って訪れた異国が、氷点下の寒さで、持ってきた服では寒すぎる、ということは、ある。そうではなく、自分の暮らす日常においては、寒いのは冬だからだし、暑いのは夏だからだと結論づけてしまう。だから、自分が好きで着ている服を指され、寒くないのかと訊かれると、寒いのは冬だからだろうよ、と思うだけなのだ。暑くないの、それで？　と訊かれることがあんまりないのは、夏場の私はもともと薄着だからだろう。立派な二の腕も平気で出しているし。

薄着ということを、許せない人たちがいる。六十歳以上の女性だ。まず母親。私が成人し、ひとり暮らしをはじめ、好きな衣類を自分で買って着るようになったころ、母が文句を言っていたのは「みっともない」が主だった。古着だとかちょっとルーズな服を彼女は許せず、おかしい、へんだ、みっともない、とずっと言い続けていた。が、六十歳を過ぎると、そんなことよりも「なんなのその薄着！」と、そっち方面を騒ぎ立てるようになった。

母だけでない。仕事関係で会う年配の友人知人、みな、「ちょっと、それじゃ寒いわよ！」と、とがめるように言う。この人たちは、夏でも「寒い」ということにとにかく注意している。建物内や公共の乗りもののなかが涼しいからだ。夏場に、「それじゃ、裸でいるのと同じよ！」と言われたことがある。それは極論だ。そんな、何も水着みたいな服を着ていたわけではない、ぺらんとしたワンピースを着ていた程度だ。

大勢で温泉にいき、脱衣所で着替えていると、「ちょっとその下着！」と年配の友人がめざとく注意する。「そんな、はいてるんだかはいてないんだかわからないような下着で、よく平気ねえ。それじゃあおなかが冷えるじゃないの！」と、またしても極論でとがめにかかる。冬場に、インナーシャツ（ババシャツ）を着ていないことでとがめられたこともある。

ともかく年配の女性は、冬でも夏でも、少しでも寒い思いをするのがいやなんだなと了解していた私だが、四十代半ばの今になって、その心持ちがはじめてわかった。冬が、寒すぎるのだ。これは私の加齢による体感の変化ではなくて、実際に、昨年と今年の冬は例年より寒いのだと思う（思いたい）。

あんまりにも寒いので、スカートをはくとき、タイツをはいた。はいてびっくりした。あたたかいではないか！　いや、知っている。タイツをはけば、はかない状態よりあたたかいのは知っている。でも、このように感覚としてきちんと認識していなかった。どのくらいタイツがあたたかいのかを。

暑がりな私はタイツを長くはかなかった。はいたことはあるが、あの両脚の付け根部分が、ずり下がってくることがあって、その気持ち悪さに耐えられなかった。寒いほうがまだましだった。それでずっと、ニーハイソックス的なものをはいてきたのである。が、今年、タイツのあたたかさを身をもって実感してからは、タイツをはかないことが耐えられない。ずり落ちてくる感覚など、なんとも思わない。そしてタイツによって気づいた。衣類で防寒ができる、ということに。

今までほとんど持っていなかったババシャツ系のものを私は買い揃えた。そうしながら、寒くないのかと叱責するように私に言った、幾人もの女性たちを思い出していた。ああ、私もいよいよ、彼女たちに近づいているのだなあ。これから、若い人と出歩くたび、「それじゃ寒い！」と注意し、温泉にいって「そんなパンツははいてないも同然！」と極論を言い、タイツはもごもごするという意見に「見かけばっかり気にしてどうする！」と勘違い的な主張を押しつけるんだろうなあ。

でも、タイツをはけるようになってとりあえずよかった、と今年の冬はしみじみと思ったのである。

なんでもかんでも加齢のせいか？

平日の、九時から五時まで、という時間帯で仕事をして、もう十七年になる。

厳密に守ってきたわけではない。本当に忙しいときは朝の五時から仕事場にいたし、外仕事で午後いっぱい外にいなければならないこともある。でも、基本的にはその時間帯、残業はいっさいなし、土日は休み、を守ってきた。

そういう仕事時間を設定したのは三十歳のときで、当時親しかった人が会社員だったので、合わせてそうしたのである。会社員と食事をしたり遊びにいったりするには、会社員の時間で動かねばならない。その後、すぐにその人とは親しくなくなったのだが、仕事時間帯だけが残った。案外、自分に合ったのだと思う。

九時五時生活とはいえ、当時はまだ、自宅で仕事をしていた。朝起きて、ごはんを食べて後片付けをし、九時になったら仕事部屋にこもって仕事をする。昼ごはんを食べて午後からまた仕事、五時になったら終了。

この生活は案外楽だった。それまでは、気が向いたときに書き、気が向かないときには書かず、書かなければならないときはずっと書いた。結果、いつなんどきも、仕事の影におびやかされることになる。気が向かなければ罪悪感を覚えるし、書かなければならないとき、というのはつまり、締め切り前だが、そういうときにせっせと書くのは「書かされている」ような気がしないでもなかった。そして、休みがないのだった。書いていても、書かなくても、四六時中、書くことについて考えている。書きかけの小説について、あの展開は不自然ではないか、あの言いまわしは間違っていないか、トイレでも風呂でも考え、昼飯を食べながら夕食の準備をしながら、私の小説にたいする態度は間違っていないか、考える。

月曜日から金曜日。九時から五時まで。それ以外は仕事をしない。こう決めてしまえば、それ以外の時間帯、仕事のことはシャットアウトできるのである。昼飯のときは昼飯のことだけ考えていればよく、風呂に入るときは好きな本を読める。そして、曜日と時間を区切ってする仕事のほうが、驚くほど効率がいいのだった。そうする前の、十倍、多いときは二十倍くらいの仕事量をこなせるようになった。

九時から五時までの話をすると、多くの人が、「すごい」と言う。社交辞令で言ってくれる場合もあるのだろうけれど、「自由業なのにわざわざそんなふうにするのがすごい」と本気で言う人もいる。そう言われるたび、こんなにかんたんなことはないのに、と思う。だって私たちは、六歳から十五歳か十八歳まで、ずーっとそのようなサイクルで過ごしてきたのだ。あんなちいさなころに、かつ何年にもわたってできたことが、できないはずはないではないか。

学校みたいに時間を決めて仕事をしたほうがじつはだんぜん楽で、好きなときに好きなように仕事をするほうが、ずっとむずかしいと私は実感している。授業時間が、あんなにかっちり決められているのは、そうすれば子どもがなんとか勉強するからだ。いつでも好きなときにきて好きな勉強をすればよい、となれば、多くの子どもは苦しむことになるだろう。

そんなわけで、気がつけば学校生活よりも長い、十七年ものあいだ、学校に通うように仕事をしてきたわけだが、今年になって、ふと、もうこの生活をやめようかなと思った。九時から五時、平日のみ、という仕事体系をやめて、好きなときに好きなように仕事をする、もっともむずかしい方法に、変えようかな。

九時五時、やめようと思う、と人に言うと、まず、なぜ？　と問われる。なぜ？　と私も考えてみた。加齢、というのがいちばんもっともな理由であるような気がする。集中力がなくなり、その時間帯だけでは間に合わなくなり、土日も仕事をするようになってしまった、とか。昔のように朝の六時や七時にぱっと起きられない、とか。

そんな理由をあれこれと考えていて、違うと気づいた。仕事体系を変えようとしている本当の理由、それは内なる勘だ。

三十歳で仕事の時間を区切ったとき、「親しい人の生活時間に合わせる」のが、そうする理由だと思っていたけれど、よくよく考えてみれば、そうではなくて、仕事のやりかたを変えなければならないことを、私自身が予感していたのだと思う。だからこそ、親しい人とかかわりがなくなっても、その仕事体系だけが残った。仕事体系を変えてから四年後、三十四歳のとき、私は猛烈に忙しくなり、まさに仕事時間を区切っていなければ、あんなに効率よく量をこなせなかったし、休日も仕事に費やしていたら心身ともにばてていただろう。前述した五時から五時という悲惨な仕事時間の場合でも、夕方五時には終わる、土日は仕事を離れられる、ということがあったから、乗り切れたのだと思う。

とすれば、きっと今また、自分のなかに、仕事のやりかたを変えたいという思いがあるか、変えねばならぬという確信があるのだろう。

そうして私は反省する。ついつい、なんでも加齢のせいにしようとする。何かができなくなったときは、とくにそうだ。実際、そういうことも多いだろう。でも、違う場合だってある。三十歳のときは気づかずそうしていたけれど、年齢を重ねたからこそ、私は「内なる勘」だと気づいた。これから自分の仕事が、いろんな意味で変わっていくのだと前もって知ることができた。そう思うべきなのだ。

人の手の力

はじめて整骨院にいったのは、二年前のことだ。以前、この連載にも書いたが、ぎっくり腰になって、はじめていったのである。体関係のメンテナンスには、整体、鍼灸、カイロプラクティック、タイ古式マッサージ等々、なんだかいろいろある。私の友人知人はほぼ全員、何かしらに定期的に通っている。同じところに通い続ける人もいれば、遊牧民のようにあちこちをさすらい続けている人もいる。私にとって彼らはどことなく大人っぽく見えた。自分が充分大人の年齢になっても、それでも体のメンテナンスをする人は、もっと大人っぽく思える。

四十歳過ぎまで、整骨院や鍼灸に縁がなかった理由は、とくに不具合を感じなかったというのがいちばん大きい。私の肩を触る人はみんな、「肩こりを感じないの？」と訊く。感じない、「こる」という状態がわからない、と答えると、やはりみんな口を揃えて「あなたはしあわせだ」と言う。「こんなにかちかちになっていて、肩がこっているという意識がないのなら、こんなにしあわせなことはない」と。

こっているのかもしれない。どこかゆがんでいるのかもしれない。でも、自覚がない。これがつまり、私の「不具合がない」状態。

それから、多くの人が言う、施術師との相性、というのがこわい、という理由もあった。もちろん人柄の相性ではない。施術との相性だ。施術後にしか相性の良し悪しがわからないなんてこわすぎるではないか。

さらに、何がなんだかわからない、というのもある。整体院、整骨院、治療院、鍼灸院、鍼灸整骨院、鍼灸指圧室、それにくわえて、カラダなんとか、手なんとかといった、ちょっとかわいい呼び名の店舗がたくさんありすぎて、何がなんだかわからない。不具合がないから、わかろうという気持ちもない。

ぎっくり腰という不具合を実際に感じるまで、私の世界に整体鍼灸関係は存在しなかったも等しい。

ぎっくり腰になった後、では整骨院に通うようになったかというと、否である。ぎっくり腰がなおってしまうと、またいかなくなる。整骨院にいく、マッサージを受ける、整体をしてもらうというオプションが、自分のなかにないのである。

けれども、あこがれがある。定期的にそういうところに通う友人たちのように、大人っぽくなりたい、というようなあこがれ。数度整骨院にいってみて、そんなにこわいことはなかったし、またいってみようかな。そう思って近所を歩いてみると、整骨院治療院系の店舗の多さに仰天する。私の住まいの半径一キロ程度の範囲に、二十軒以上あると思う。いや、もっとあるのかもしれない。美容院も多いのだが、整骨院治療院関係はもっと多い。なぜなのか、まるでわからない。

その多さに気づくと、一軒一軒がどのように違うのか知りたくなった。けれどもう腰は痛まないし、体の不具合もとくべつ感じない。なんと説明し何をお願いすべきか……。そうだ、足つぼがある！　と思いついた。整体マッサージの類いとは無縁だったが、台湾でマッサージを受けて以来、足つぼマッサージは好きなのだ。そうだそうだ、一軒ずつ足つぼマッサージを受けていけば、多くの店がどのように違うのかわかるだろうし、なぜこんなに多いのかもわかるかもしれない。

なんだか妙な好奇心と向上心だが、時間ができると私は足つぼマッサージをおこなっている整骨院や治療院に通うようになった。

そうしてみると、たしかにみんな違う。足つぼでいえば、痛い中国式と痛くない英国式、その両方できるところ、はたまたそのどちらでもなく、そこ独自のマッサージ法のある施術院といろいろあって、施術前に両足をあたためるところも、オイルを使うところも、何もしないところも、本当にいろいろある。

足つぼマッサージをしてもらいながら、整体施術を見ていると、これまたさまざま。医療に近い施術があれば、リラクゼーションに近い施術もあるようである。ベッドがずらりと十台ほど並んでいて、みなカーテンで仕切られているところもあれば、ベッドひとつ、施術師ひとり、というところもあった。

私がもっとも驚いたのは、どこも満員だということである。ふらりと立ち寄って、一時間後にきてください、と言われたり、〇時からならだいじょうぶです、と言われたりする。たまたま空いていて入れることもある。ここはがらがらだ、失敗したかしらと思いつつ施術を受けていると、かならずほかのお客さんが何人か入ってくる。

こんなに数があるのに。こーんなにたくさんの整骨院治療院があって、ベッド数でいったら何百という数だろうと思うのだが、そのベッドではかならずだれかしらが、施術を受けているのである。

この町に多い美容院ですら、まったくお客さんの入っていない店はある。これまた多い居酒屋ですら、やっぱりだれもお客さんのいない店はある。それがふつうのことだと思う。それなのに、体関係はどこもちゃんとお客さんがいる。大半の店は前もって予約しないといけない、ということも学んだ。

つまり、そのくらい、体のあちこちに不具合を感じている人がいる、ということだ。病院にいくほどではないけれど、肩がこるとか頭痛がするとか、足がむくむとか全体的にだるいとか、何かしら。それで私は思うのだ。人の手でしか、癒(いや)せないものはあるのではないか。湿布より注射より器械より、人の手で触れることが効果的となる痛みや疲れといったものが。一昔前より、今の人たちはずっとそういうことに敏感になったようにも思う。だからこんなに店舗も増えたのだろう。

そういえば、あちこちの整骨院で、男子高校生の姿をよく見かけることにも驚いた。部活の帰りに寄るようである。ユニフォームや学校指定のジャージを着た彼らは、そうとう疲れているらしく、施術されているうち大きないびきをかいて熟睡していることも多い。

体に不具合を感じる人が増えた、というよりも、体のメンテナンスそのものが身近になったということなのだろうなと、部活帰りの若者を見て思った。同時に、自分がいったいなんのリサーチをしているのか、不思議にも思ったけれど。

たましいに似た何か

他人を認識するとき、目に見えるのは外側だけだ。私たちは他者をまず外見で区別して覚える。けれども、見かけで認識した人とだんだん仲よくなってくると、相変わらず目に見えるのは外見だけなのにもかかわらず、私たちは何か違うものを見はじめるように思う。なぜそんなことを思ったかというと、昔からの友人たちがあまりにも変わらなく見えるからだ。

私の周囲で同窓会はあんまりないのだが、十年近く前、中高時代のクラブ活動の同窓会があった。そのとき私は三十代後半。三十代、四十代の人たちが中心に集まった。卒業してそれっきりの私は、先輩後輩ともに、二十年ぶりくらいに会ったのだが、中高生のときとまるきり変わっていないので驚いた。もちろん、年齢は重ねている。黒かった髪が茶色だったり、直毛だったのがパーマになっていたり、素顔だったのが化粧していたり、当然ながらの変化もある。でも、なんというか、変わっていない。

みんな、私にも変わってない、と言う。そのとき私はふとあやしんだのである。変わっていないはずがないよ……みんなでいっせいに老けたから、わからなくなっているだけでは……？　と。中高のときから変わってない変わってないと手を取り合う三十代、四十代の女たちを、現役の中高生が見たら、「おばさんたちがお世辞を言い合って、はしゃいでいる」と認識するだろう。

この「変わってない」は、年齢を重ねていくとどんどん増えていく。町で大学時代の同級生にばったり会う。卒業以来会っていないのに、すれ違っただけで「あ！」とわかる。これがもう、変わっていない証拠。「あれ、○○ちゃん？」「やだ、カクちゃん！」「変わってないからすぐわかった」「やだー、カクちゃんだって変わってないー、この近所なの？」と、短く会話して別れる。

学生時代の先輩後輩、アルバイトしていた会社の人、デビュー当時に仕事をした編集者。淡いつきあいだと顔も忘れているが、いっときでも親しくつきあうと、名前が出てこなくても顔を見ればすぐわかる。

去年、大学時代に私の所属していたサークルが四十周年を迎え、その記念パーティが開催された。もう六十代のサークル創立者の世代から、現在の大学一年生まで、百数十名が揃った。ここでも私は先輩後輩がたに久方ぶりに会ったわけだが、みんな、変わっていないのである。変わっていないはずはないとわかっていても、現役大学生から見たら、「はしゃいでいるおじさん、おばさん」だと理解していても、やっぱり、みんな大学生のときのままに見える。

そうして私は思ったのである。いっせいに老けたから、わからないのではなくて、私たちは、顔じゃない部分を見ていたのではないか、と。

その人とまず認識するのは顔や体型だ。けれど親しくなっていくうちに、その顔や体つきに、私たちはべつのものを見る。あるいは、顔や体つきを介して、べつのものに触れる。それはおそらく、その人の核とか芯のようなものに違いない。個性や品性ではない。加齢も経験も、何ものも手出しできない、増えることも減ることもない不変の何か。そうしたものを、私たちはだれしも持っているのに違いない。親しい人ほど、その部分を見るようになるのだ。

だから、何年会っていなくても、何年経過していても、すぐわかる。町ですれ違っただけでわかる。まったく変わっていないように見える、のではなく、事実、まったく変わっていないのだ、というのが、私の仮説である。

そうしてこうも思うのだ。その、不変の部分のかたちか、サイズか、色合いか、何かが似ている人とこそ、親しくなるのではないか。

つねづね、縁について不思議に思っていた。学生時代に顔と名前が一致しなかったような人と、三十代になってから再会してものすごく仲よくなる。いっとき親しくて、でもずーっと会ってなくて、でも二十年後、またやりとりが再開する。なぜなのか、自分ではわからない。

疎遠になることは、ふつうのことだと思っている。環境や趣味や立場が異なれば、共有するものもなくなる。そして異なっていくのが、あたりまえのことだ。不思議なのは、続くこと。なんでこの人と三十年もいっしょに飲んでいるんだろう？　とか、なんでこの人と、数年に一度しか会わないのに、それでも会い続けているんだろう？　とか、考えても、よくわからないのだが、でもその「不変の何か類似説」をここに持ってくると、私は納得できるようにも思う。類は友を呼ぶの「類」は、性質や環境ではなくて、もっともっと深い何かなのだ、きっと。

バリウムの進化

ゴールデンウィークは一日たりとも休みではないのだが、暦の上でそれが過ぎると、そろそろだ、と思う。そろそろ予約しなければ、人間ドック。

この十年くらい、年に一度人間ドックを受けている。六月、七月ごろといった時期に意味はないが、なんとなく毎年このころに受ける。

私の友人知人には、人間ドックどころか健康診断もしないし、会社でおこなわれる検診も受けない、という人が多い。なんとなく受けない、という人もいるが、受ける気がさらさらない、とはっきり拒絶している人もいる。その理由を問うと、「だって何か悪いところが見つかったらいやでしょう」とみんな答える。不思議な考えかただと思う。

そういう人が多いので、人間ドックは人気がないかと思いきや、五月の段階で予約しなければならないほど、混んでいる。

ここ最近、私が受けているのは、総合病院が営む人間ドック専用のような施設だ。病院とはべつの場所にあり、ワンフロアに検査室がずらりと並んでいる。受付をすませて、健康ランドで着るような簡易服に着替え、検査順の書かれた用紙と自分にあてがわれた番号を持って、各検査室の前で待つ。身長体重をはかるところからはじまって、血液採取、腹部エコー、心電図……と、流れ作業的に進んでいくのである。ものすごく効率的で、無駄な待ち時間がほとんどない。

フロアには至るところにマガジンラックがあり、いろんな雑誌が置いてある。ふだんまったく雑誌を読まない私には新鮮で、ついわくわくと手に取るのだが、数ページ読んだだけで、次の検査の順番がやってきてしまう。一冊まるごと読めるということがない。自分の番号を呼ばれたとき、私はよほどがっかりした顔をしているのか、毎年、「雑誌を戻さずに持ち歩いてもいいんですよ」と検査の人が言ってくれる。

毎年、不思議に思うことがある。

バリウムはなぜ進化しないのか、ということだ。

この人間ドック施設には最新の機械がいっぱいある。自分が学生だったころを思うと、医療機器は近未来のようである。身長と体重をいっぺんに、一瞬ではかる機械があれば、骨密度をはかる機械もある。視力をはかるのも、昔は遠くに貼られた検査表を使っていた。

Ｘ線だってもっともっと時間のかかる方法だった。

なのに、バリウムはまずいままだ。

大学生のころ、つまり二十五年ほど前、胃痛がひどく、病院にいった。それがおそらく私のはじめてのバリウム体験ではないか。白くて重いどろどろしたものを飲み、くちびるについた液体を手の甲で拭(ぬぐ)ったら「だめ！」と注意された。ゲップをしてはいけないと言い渡されるのもこわかった。ふだんはゲップなんかしないのに、いつ出てしまうかひやひやした。

それから、初人間ドックまでバリウムとは無縁だった。バリウムについてまったく忘れていた。そして再会し、ありありと思い出した。この重さ。このにおい。この飲みにくさ。このまずさ。そうだった、こういうものだった。

それを、最初は一口ずつ飲み、最後はぜんぶ飲んでくださいと言われる。そんなの無理！　といつも思うが、飲まなきゃ終わらないので飲むしかない。

今の胃検査の機械も、二十五年前からすれば近未来である。その近未来の上で、バリウムを胃によく浸透させるため、ごろごろ転がるように言われて、私はおとなしく従う。近未来は私を半逆さ吊りみたいな格好にすらさせる。うわー、すごいなー、と思う。こんなにすごいのに、なぜ、バリウムはバリウムなんだろう？　と続けて思う。

ほかの検査について、とくに何も思うところはないが、私はバリウムを憎んでいる。今年も、検査順の書かれた用紙を受け取ってすぐ、胃の検査はいつか調べた。なんと最後。人間ドックの前日夜八時以降、水しか飲んではいけないし、当日は、水も飲んではいけないと言われている。胃の検査が終わるまで、水分はとってはいけないのだ。

ほかのすべての検査を終えて、胃の検査に向かう。ほかの検査係の人たちは、大勢の患者を診ているから、事務的だったりまったく愛想がなかったりするが、胃の検査の人は毎年やさしい。これは、バリウムを飲ませたあげく、アクロバティックな動きを要求するからではないかと私は思っている。「患者、気の毒に……」と思っているのに違いない。

バリウムの入ったコップを渡されて、その重さに驚き、そうして忘れかけていたことに気づく。この一年、無意識にバリウムを美化していた。もっと軽くて、ちょっとヨーグルト味の白い飲みもののように思っていた。そうじゃない、このどろついた粘土みたいなものこそが、バリウムだ。

今年もまた、コップの中身、すべてを飲み干してくださいと言われ、無理、無理、無理、と思いながらもなんとか飲んだ。つらかった。

いつかバリウムが進化して、ものすごく飲みやすくておいしいものに変わることはあるんだろうか。チョコ味とかバナナ味のバリウムがあると聞いたことがあるが、本当だろうか。果たしてそれはおいしいのか。

バリウムの進化を見届けるためにも、毎年の人間ドック通いは続けようと思っている。

じっと手を見る

二十代前半のころの話だ。男友だちが、突然「女性って首筋から老けていくんじゃない？」と言い出してびっくりしたことがある。なんでも、学生時代の女友だちにばったり会ったところ、見かけは変わっていないのに、ふと目をやった首筋が、はりがなくてしわがあってたるんでいて、ぎょっとしたのだという話だった。いったんそこに目がいってしまうと、もう、彼女が同い年に見えなくて、なんだかすごく衝撃的だった、とその子は話していた。

私は男の人がこのテの話をすると、どきーっとする。私は男性一般にたいして、「そもそも鈍感」という強い偏見がある。髪型を変えても恋人や夫が気づかないと怒る話をよく聞くが、それが男というものだと思っている。気づくほうが男としては変わっているのだ、と。

だから、妻や恋人が化粧をしようが、服装を変えようが、爪を塗ろうが二キロ痩せようが、男性は気づくまい。まして女友だちなんて、真っ黒な髪から真っ金髪に変えたって気づかないのではないかと思っている。

だから、鈍感なはずの男が、女性の首筋の話などすると、どきーっとするのだ。見ているじゃないか。しかも、女性よりずっと、見ているじゃないか。見るばかりか、何やら分析めいたことまでしているじゃないか。いやーっ。

私は人の首筋なんて意識して見たことがなかった。ましてそこで若いとか老けているなどと思ったこともなかった。なんだかこわい、と思った私は、その男友だちと別れるやすぐさま鏡で自分の首を確認した。しかし彼の言う老けた首筋なのかどうかわからず、将来に向けて何か首筋対策をしないといけないのではないかと真剣に考えた。考えてもわからないので、結局何もしなかったのだが。

最近になって、その首筋話をよく思い出すようになった。きっかけは、陽にさらされた自分の手の甲を見て、ぎょっとしたこと。手の甲が、私が知っているよりずっと老けていたのである。

自分が加齢したことは知っている。とくに私は、自身の手入れが得意ではないので、とくべつなことは何もしていない。さらに、加齢と闘うより、手を取り合っていきたいと思っている。しみも出よう、しわも出よう、白髪も生えよう、肉も垂れよう、そうしたものだろう、と思っている。自分の顔にしわがあっても、二の腕が中年らしくなってきても、だからちっとも驚かないのだが、手の甲はびっくりした。

陽にさらされた手の甲に、そばかすのようなしみがある。そしてはりがない。皮がしなっとしている。そのように言葉で説明するよりはるかに、老けている。そうか、これが私の手。しみじみと手の甲を眺め、そして二十数年前に聞いた、若かった友だちの言葉を思い出したのである。まさに今、私は自分の手の甲を見て「老いはこんなにも正直に手にあらわれるのか」とぎょっとしているのである。あのときの彼のように。

手の甲について、私は足の裏と同じくらい無視して生きてきた。いや、足の裏のほうが、足つぼマッサージをしたり青竹踏みをしたりして、よほど気遣ってきた。いくら自身の手入れをしないといっても、顔は洗うし化粧水ははたくし、体は日焼け止めを塗る。でも、手の甲に気を遣ったことなど一度もない。冬にハンドクリームを使うこともなく、夏に日焼け止めを塗ることもない。爪も塗らない、ささくれはむしる。

以前、はじめて訪れた化粧品売り場のカウンターで、UV対策の話になった。相手をしてくれた売り場の女性は、その当時、日焼け止めすら塗っていなかった私を、異星人を見るように見つめ、それがどんなにいけないことか、とうとうと話し出した。そして「私は海にいっても肩まである腕カバーをはめて、手首まで隠す手袋をしている、脚は足袋状のものをはいている」と説明した。腕カバーはわかるが、手袋や足袋はやりすぎだろうと私は内心で思っていた。と、いうより、そんなものをあれこれ身につけなければならないのなら、私は海にはいかない、と思っていた。

でも今、きっとあの売り場の人は正しかったのだろうと思う。彼女の手は、今なおしみもしわもそばかすもなく、きっとすらりとうつくしいままなのだろう。

いやしかし、そう肝に銘じつつ二十代に戻っても、私は手の甲を気遣ったりはしないだろう。何度人生をやりなおしても、今の年齢の私はこの手の甲にいきつくだろう。などと、大げさにも考えてみたりする。

ときどき年齢を訊かれ、三十七歳などと言いそうになることがある。さばを読もうとしているのではなくて、咄嗟にわからなくなるのだ。内的な成長が止まっているからだろう。と考えると、もっとも正直に自分の年齢を告げているのは、この手の甲なのではなかろうかと考えたりもする。

隠れアレルギーというもの

原因不明の頭痛に悩んでいる友人がいた。いろんな検査をしたが、とくに悪いところが見つからない。原因解明をあきらめかけていたときに、遅延型アレルギー検査というものを知って、やってみた。その結果、今までまったく知らなかったが、乳製品にアレルギーがあることが判明。乳製品の摂取を抑えたところ、なんと頭痛がなくなった。

と、話してくれた友人に、そのナントカアレルギー検査って何、と訊くと、自分がどんな食物にたいしてアレルギーを持っているかがわかる検査だという。

一概にアレルギー検査といっても、いろいろある。植物や動物、ハウスダストやダニなどから原因をさがすテストもあるし、食物からさがすものもある。その多くが、すでに症状が出ている人を対象としている。くしゃみ鼻水、じんましんが出た、口のなかがぴりぴりする、など。そうしたものの多くは、即時型過敏性反応というらしい。何かを摂取したり触れたりして、すぐに反応が起きる、ということ。

それとはべつに、数時間後、数日後に反応が起きる場合があって、それが、遅延型過敏性反応。これは症状が出るのが遅いために、あ、あれが原因だ、と突き止めるのがむずかしい。さらにこの症状がごく軽かったり、慢性的だったり、くしゃみや発疹といういわゆるアレルギー症状ではなく、体のあらゆる部位、器官に発症する可能性があるから、なかなかアレルギーとは結びつけて考えにくい。いってみれば隠れアレルギー。

この、自覚症状のないアレルギーを知るのが、友人の受けた検査なのである。

そこまで友人の説明を聞いた私が思ったのは、「もし私も乳製品にアレルギーがあったらどうやって生きていこう」ということだった。大げさに思えるかもしれないが、私は乳製品を心から愛していて、頭痛か、牛乳チーズアイスヨーグルトか、と突きつけられたら、ぎゅう……と思わずつぶやいてしまいそうな気がするのだ。

でも、なんだか知りたい。私には、自覚できる食物アレルギーがまったくない。知識もない。卵なら卵、牡蠣(かき)なら牡蠣を一生ぶんくらい食べた人がアレルギーになるのかと、馬鹿げたことを思っていた時期もあった。そういう自分を少々恥じてもいる。この検査は九十六品目もの食物にたいして調べるというから、こんな自分でも、もしかして何かアレルギーがあるかもしれない。

自分で意識している体の不具合は何もないのだが、なんだかもう知りたくてたまらなくなり、この検査をおこなっているクリニックにいってみた。検査は至極簡単。血液採取のみ。その血液を、この検査をおこなっているアメリカの研究所に送り、結果がわかるのはだいたい三週間後だという。

検査を受けたことを私はその後ころりと忘れ、一カ月経ったのちに「あっ結果をとりにいかなくては」と気づいたものの今度は時間がとれず、一カ月半ほどして、ようやく検査結果を聞きにいくことができた。

もしアレルギーのあるものが、酒、だったらどうしよう。肉、だったら。いや、白米だったらもっと困るのではないか。カリフラワーだったらべつにかまわないな。

そんなことを思いながら、クリニックへ向かう。結果は、人間ドックのようなパンフレットで渡される。肉、乳製品、フルーツ、などに分類され、そのなかでも、さらに細かく「牛　鶏　豚　卵白　卵黄　ラム」などとわかれていて、ゼロから六まで、色分けされた表がある。ゼロが無反応、つまりアレルギーなし。六がいちばん高い。

自分の表をぱっと見て気づくのは、「なんにもない」ということだ。先生も、「見事になんにもないですねー、めずらしいですよ、こういうかたは」と言ってくれて、なんだか褒められたような得意な気持ちになる。よかった、乳製品も肉もだいじょうぶ。ちなみに、酒という項目はなかった。

と、ひとつだけ、中程度の下にひっかかるものがある。おおっ、なんだ、と見ると、牡蠣。

じつは私は、三十代半ばまで牡蠣が食べられなかった。アレルギーではなく、単純に、見た目が気持ち悪かったから。

あるとき友だちの家で牡蠣シチューをごちそうになり、残すわけにはいかずに食べて、そのときはじめて、このおいしさに開眼したのである。

以来、牡蠣のシーズンにはしょっちゅう牡蠣を食べているが、なぜか、四個が限度だった。牡蠣に目がない人は、牡蠣風呂に入りたいと言うし、牡蠣食べ放題にいったら、友人は何個も何個も何個も無限に食べていた。私も牡蠣が好きだが、そんなには食べられない。生でも蒸しでもフライでもグリルでも、いちばんおいしいのは二個、限度は四個。それ以上は「うっ」となる。これはずっと、牡蠣デビューが遅いためだと思っていた。好きだが、食べ慣れていないから、たくさんは食べられないのだろうと。

違った！　と、この表を見て思った。中程度は、まさに中程度で、重度ではない。しかも中程度の下の下、「低い」に近い。食べていけないことはもちろんなく、毎日食べるのはやめたほうがいい、というくらいの、ささやかなものである。でも、こんなにたくさんある無反応のなかの、唯一の中程度。私の味覚と体は、もしや、この唯一の「中程度」を無意識に自覚していたのではないか。きっといっぺんに五個以上食べると、下痢したり気持ち悪くなったり、何かしらアレルギー症状が出るのを、野性的な勘で私は抑えていたのに違いない。

何かアレルギーがある繊細な体ではないかと思っていたのだが、逆に、おのれの獣じみた部分を知ってしまった検査であった。

椅子と年月

山に登ったとき、山頂直前、ほんの数メートルの下り坂で転んだ。転んだのは岩場で、尻餅(しりもち)をついたまさにその場所に、凶器のように尖(とが)った岩があった。尾てい骨、直撃。あまりの痛みに、周囲の人たちが振り向くほどの叫び声が出た。けれども立ってみると、立てる。歩いてみると、歩ける。

二年前、私は階段で足をすべらせて五段ほど落ち、尻を強打したのだが、このときは時間の経過とともに痛みが増して、歩けなくなった。急遽(きゅうきょ)病院で診てもらったが、骨は折れておらず、強度の打撲ということだった。歩けずに、車椅子に乗って帰宅し、翌日はベッドから動けず、その後二、三日は松葉杖を使ってなんとか歩いた。

あの痛みで打撲なのだから、立てる、歩ける状態は、ごく軽度の打撲なのだろうと判断し、山を下りて東京に戻ってきた。翌日も、歩けることは歩ける。けれども痛みが引かない。

うーん。迷うのは、病院にいくか、いかないか、ということ。前回の尻強打事件でわかったのは、打撲の場合、病院がやってくれることは、湿布と痛み止めの処方のみ、よほど痛みが強い場合は患部に痛み止めの注射を打ってくれるが、でも、その程度。あとはもう、時間が経過してなおるのを待つしかないのだ。今回だって、きっとそうに決まっている。それなのに、わざわざ病院にいって、痛いのを堪(こら)えて「イタタタタ」と言いながら服を脱ぎ診察台に横たわる必要があるだろうか？　ないのではないか。

私は尻を出す手間（に伴う痛み）を惜しみ、病院にはいかないと決めた。決めたものの、痛い。結局、転んでから三日目に、「痛み止めだけでももらいにいこう」と近所の整形外科に向かったのである。

想像していたとおり、「イタタタタ」と言いながら服を脱ぎ、レントゲンを撮ってもらい、診察台に横たわったのだが、結果は、驚いたことに骨折していた。尾てい骨の上に仙骨(せんこつ)という骨があるらしいのだが、そこが折れているとのこと。レントゲン写真を見ていくと、たしかに、背骨からずっと続く骨が一部、くの字を反対にしたようにつぶれている。

しかしながら、腕や脚と違ってギプスのできる位置ではないので、肋骨なんかと同じく、安静にするしかないという。つまり打撲と同じ、痛み止めと湿布と、時間の経過だけが頼りらしい。なんだか釈然としない気持ちで病院を出、隣の薬局で薬と湿布を買った。

私は生まれてこのかた骨を折ったことがない。今までの人生でもっとも痛かったのは、二年前の尻打撲だったが、あのときだって折れなかった。骨にかんしてはだいじょうぶなんだろうと、なんとなく思っていた。これが生まれてはじめての骨折なわけだが、仙骨って、なんというか、微妙すぎないか。

仙骨というのは、調べてみると、背骨の下端、体の中心にあって、背骨を支えている大切な骨、とある。ここがゆがむと、自律神経に支障が出たり、子宮とつながっているので、婦人科疾患が出る場合もあるとのこと。ひどく地味なのに、やけに重要な役割を持っているではないか。なのに、そうか、湿布と痛み止めと時間経過しか、なおす方法はないのか……。

早くなおすためには、長時間座らないようにすること、と言われたが、私の仕事はまさに長時間座らないと成り立たない仕事である。ヘミングウェイのように立ったまま書ければいいが、それはちょっと無理そうだ。やむなく、ドーナツクッションを買った。

仕事場の椅子は、アーロンチェアという、人間工学に基づいて作られたという立派な椅子である。たぶん、私の仕事場にあるもののなかで、本棚の次に高価なものだ。こんなに立派な椅子はいらないのだが、三年前にぎっくり腰になって、あわてて購入した。いわば、ぎっくり腰再発防止対策なのである。そこに、届いたドーナツクッションを敷く。その、お洒落でもなんでもない光景を見て、思い浮かんだのは、加齢、という一言。

ぎっくり腰も仙骨骨折も、年齢とは関係ない。二十代でもぎっくり腰になるし、山に登らなければ、いや、岩場で足をすべらせなければ骨折とも縁がないまま年をとっていっただろう。そういう意味での「加齢」ではなくて、何かが否応なく積み重なっていくような意味合いでもっての、「加齢」。

ぎっくり腰も骨折も、そんな兆しすらないときならば、仕事場の椅子は、座り心地は二の次、見た目重視で選んだだろうし、ドーナツクッションなんて非常にかっこわるいものは敷くこともなかっただろう。でもそうしたものごとが重なって、自分の嗜好(しこう)とは裏腹な、実用重視の椅子となっていく。これこそまさに、年齢を重ねる、年月を重ねる、ということのように思えたのである。

そして同時に、この先も、この椅子が私の加齢を象徴していく予感を覚えたのである。背中が痛くなって分厚いクッションが加わったり、肘(ひじ)が痛くなって肘掛けにクッション的なカバーが掛けられたり、冷えに耐えかねて冬場は膝掛けとセットになったりと、どんどん、どんどん、私の体の不調によってお洒落ではない方向にカスタマイズされていくのではないか。いつかその、もとはどんなだったのかわからないくらいカスタマイズされた椅子を見て、「私とともに年齢を重ねてきた戦友よ……」と思うのではないか。そんな自分が、いともたやすく思い描けたのである。

八卦ではないのだが

何がこわいって更年期障害である。そもそもこの連載をはじめたときから、私は更年期障害について書いている。いろんな情報があれど、個人差がありすぎて、まったくよくわからないところがこわいのである。何歳でそれはやってくるのか、どのような症状があるのか。最大公約数的なことは、いろんな書物に書いてある。インターネットで調べることもできる。でも、実際は、最大公約数的にきちんとその年齢、その症状が出る人のほうが少ないように思う。

女性数人で話していたとき、このような話になった。そのときまだ年若いひとりが、更年期障害と大豆の関係について話してくれた。大豆食品を日常的に食べる日本人は、ほかの国の女性に比べて、更年期障害の症状が軽いと言われているらしい。その大豆を摂取したとき、体質により「エクオール」というものを体内で作れる人と作れない人とがいるのだという。エクオールが作れると、食品として食べた大豆のイソフラボンが有効に摂取される。つまりエクオールを作れる人は、更年期障害の症状が軽度だということになる。

ふだんなら、こういう話を聞いていると私は頭がぼーっとしてきて、理解を拒否する。ところがこのときは、更年期障害のことがつねに頭の隅にあるからだろう、真剣に聞き、エクオールがなんであるのか今ひとつわからないにしても、なんとなく理解した。つまり、そのエクオールが体内で作れる体質かどうかによって、更年期障害の症状が違うということらしい、と。

その彼女曰く、日本では、体内でエクオールを作れる女性は五十パーセントくらいだという。半分か……。さらに「私は作れるんです！」と、胸を張って言うではないか。えーっ、作れるの、いいなあ、いいなあといっせいに声があがる。もちろん私も小学生のように連呼した、いいなあ、いいなあ、いいなあと。

作れる体質か否かを調べるキットがあって、インターネットで申しこみ、郵送のやりとりで検査できるという。これを聞いたらもう、調べないわけにはいかない。

ここでもう、私のなかではエクオール検査イコール占いのようなことになっている。そもそも、イソフラボンだとかポリフェノールだとか、エストロゲンだとかホルモンだとか、聞いたことがあるだけでなんであるかはちゃんと知らないし、知ろうとしたこともないのである。そのようなことを体系的理論的にとらえるのが私は非常に苦手なのだ。だから、エクオールが作れる体か否か、とシンプルなことしか受け入れられない。しかも、当たるも八卦当たらぬも八卦のような心持ち。

私は早速キットを取り寄せて、調べてみた。採尿したものを送れば、十日ほどで診断結果が郵送されてくる。尿を郵送する、ということに激しい抵抗があったけれど、そんなことよりやはり、自身の体を知りたい気持ちが上まわった。

五十パーセント、とその割合を考える。私は、体重だの体脂肪だの、身体的数値のほとんどが平均や大多数に属する。ところがときどき、ものすごい確率で何かを引き寄せることがある。たとえばマラリア患者なんてもう何十年もいない島でマラリアになったり、子どもと老人以外はあまり感染しないと言われるロタウイルスにかかったり。マラリアになったときは、宝くじを買っても当たるような気がした。けれどもエクオールの場合、五分五分。どちらが多いわけでも少ないわけでもない。では私はどちらだろう。……ということの考えかたが、なんとなく八卦じみていることにも気づかず、結果を待った。

ようやく送られてきた封筒をベリベリと破き、中身を取り出した。あらわれた用紙には、

「あなたはエクオールを作れません」

と書かれていた。作れません。作れません。作れません。胸の奥でリフレインする。作れないのか……。落胆した。あの年若い友人は作れる側だったのに、私は作れない。くじ引きに外れたような気持ちでその文字を眺めながら、はっとする。これってなんなんだっけ。これが作れるとなんなんだっけ。作れないとなんなんだっけ。私のなかでまさに八卦と化していた。

そうだった、更年期障害。作れない場合も、サプリメントを摂れば効率よくイソフラボンを吸収できるらしい。その仕組みが細かく書いてある説明書きを、ざっと見て読むこともせず、もちろん、サプリメントを飲みはじめたりもしない。私にとって検査は、やっぱり何か占いじみているよなと再確認した次第である。

私という矛盾

酒好き、と一言で言っても、いろんな好きのありようがある。酒の味が好き、と、酔っぱらうのが好き、というのは違う。みんなで飲むのが好き、ということもあるし、酒の席が好き、という場合もある。私はずっと、自分は酒の席が好きなのだと思っていた。だらだらと長い時間、みんなで笑ったり、本音を話したりすることが好きなのだと思っていた。

そうではない、好き嫌いではなく、私にとっては必要なのだと気づいたのは、四十代になってからだ。酒を飲まないと、私は人とちゃんと話せないのである。そもそも私は世間話の類いができない。天気や気候や、政治や経済や、テレビやニュースの話を、さらりと話すことができない。小説や映画や音楽や、その他興味のあることを話そうとすると、それは世間話ではなくて突っこんだ話になってしまう。いわゆる「本題」。

そして本題を話すのには、酒の力が必要なのである。たいてい私は人にたいして緊張しているし、恥ずかしいという思いがつねにある。酒を飲むと、ようやくそれらから解放されて、好きなだけ本題を話し、相手の本題を聞くことができる。

そのことに気づいていなかったが、酒を飲んでもいい年齢になってからはずっと飲んでいる。三十代の半ばになるまでは、どんなに飲んでも二日酔い知らずだった。二日酔いってどんな感じだろうと思っていた。

そうしてあるときから、どんな感じか身をもってわかるようになった。本当に、二日酔いとは深刻な罰のようにつらく苦しいものである。喉が渇き、頭が痛くて胃がもたれ、全身がだるく、不快な感じに眠い。こんなにつらいものだったのかと驚いた私は、二日酔い考察までした。二日酔いというものがなければ、酒のせいで人類は滅亡するのだろうという結論に至った。

この二日酔い、加齢とともにどんどんつらくなる。あんまりにもつらいので、数年前から二日酔い対策をあれこれ講じはじめた。ウコンのドリンクからはじまって、ウコン錠剤。これは、秋ウコンがいいとか春ウコンがいいとかいろいろ言う人がいて、わからなくなって飲むのをやめた。その次に「アミノバイタル乾杯いきいき」というサプリメントを見つけて飲んでいたが、よくいく薬局で扱わなくなってしまって、これもやめた。「ノ・ミカタ」というサプリメントも飲んだが、私には今ひとつ。友人が飲んでいる「新黒丸」を試したが、これもあまり効果を実感できなかった。沖縄で売っている「琉球 酒豪伝説」、すごい名前で、たしかに効果があるように思うのだが、ちいさな錠剤をたくさん飲むのが私にはつらい。「ヘパリーゼ」も悪くはないのだが、これは私にとってむしろ、飲む前よりも、すでに二日酔いになっているときに飲むと効く。

そんなとき「アルケシクール」なるサプリメントに出合い、これは私にはじつによく効いた。これを飲んでから酒の場に出向くと、頭痛やだるさ、胃痛が軽減される。私にとっては真の救世主で、毎日持ち歩いていた。

ところがあるとき、どの薬局にいってもこれを見つけられなくなった。お店の人に「アルケシクールは……」と行方を尋ねてみると、「ハイチオールCと成分がいっしょだから、そっちを買っても同じことです」という答え。試しにハイチオールCを買ってみたところ、たしかに効果がある。

以後、私はハイチオール派で、一瓶持ち歩き、宴会の前にかならず飲むようにしている。二日酔いの苦しさを知ってしまうと、もうだれにもあんな思いはしてほしくないあまり、その場にいる人に瓶をまわして配る。とくに会社員には強く勧める。翌日、二日酔いで会社にいくなんて、想像するだに寒気がする。

サプリメントというものを飲む習慣がなく、また、健康飲料や健康食品にも目を向けない私が、こんなにもあれこれ試して、自分に合うものを見つけ出したということは、我ながら天晴れなことなのである。そこまで、二日酔いというのは苦しいのだなあと自分で感心してしまう。

と、こんなふうに事後対策に奔走しているのに、事前対策はまったくの手つかずである。つまり、飲む量を少なくすればすむのである。私に必要なのは、酒であって量ではない。二杯くらい飲めば、ふつうに話せるようになる。泥酔する必要はまったくない。なのに、適度に飲むことができない。宴会はかならず最後まで残り、ただしく酔っぱらう。途中で切り上げる、飲むペースを落とす、途中で烏龍茶に切り替える、ということができない。ぜったいにできない。

その絶対性を知っているが、同時に、不思議にも思う。二十代の私に、四十歳を過ぎてあなたはフルマラソンを走るよ、と言っても、まず信じないだろう。そんなことはあり得ない。でも、そのあり得ないことを私は今、毎年やっている。最初は一キロも走り続けられなかったのを、一カ月に一キロずつ距離をのばして、今は四十キロ以上走っているわけだ。そんなことができるなら、飲む量を少なくするくらい、わけないだろうと思う。本当にそう思う。でも、できない。

雨の日に階段で足をすべらせて転んでから、雨の日の階段では手すりをつかむようになった。手すりがないときは慎重に下りるようになった。そのくらい、打撲が痛かったのだ。二日酔いのつらさと、この打撲の痛みと、私のなかではほぼ同様である。なのに、二日酔い前には何もできないまま二十年以上経っているということが、不思議でならない。私のなかの、じつにささやかな、そしてもっとも大いなる矛盾である。

若返る睡眠

ロングスリーパー、ショートスリーパーという言葉を、三十歳を過ぎてはじめて聞いた。たしかに私の友人には、三、四時間の睡眠だけで平気な人がいる。私はずっと、そういう人はしかたがなくてそうしているのだと思っていた。深夜まで飲んでいて、でも会議があるから早く起きなければならない、ということを、ずーっと続けているだけだと思っていた。だから、「いつか病気になるから、何かを変えたほうがいい」と真面目（まじめ）に注意したりしていた。

短い睡眠でまったく平気な体質があると知ったときは、にわかには信じられなかった。ようやく信じて、すぐ思い浮かぶのは「うらやましい！」という一言。一日、三、四時間ですむのなら、私よりも四時間ほど一日が長いことになる。その四時間があれば、私にはやりたいことが山のようにある。

私はショートでもロングでもない、平均的睡眠時間を必要としている。いちばん安心できるのは八時間。八時間睡眠をとることができれば自分にとって理想的だといえる。

　けれども仕事が忙しくなるにつれて、毎日八時間ちゃんと眠るのなんて無理になってくる。いちばん忙しいとき、私は五時間弱しか睡眠に時間を割けなかった。朝の五時には仕事場にいって仕事をしはじめ、夕方五時には仕事を終えるがそのまま打ち合わせや飲み会にいき、なんとか十二時に眠るようにしていた。いつもいつも眠かったけれど、五時にはじめないと仕事が終わらないのだから、しかたがないのだった。まさに、しかたがなくてそうしている状態。

　そのころ、私はショートスリーパーの人を心底うらやましいと思っていた。そして、加齢によって睡眠時間が短くなる、と聞いた話に期待していた。高齢者の朝が早いというのはよく聞くし、実際そうなのだろう。けれども四十代から五十代といった、まだ老齢にはほど遠い人も「このごろ朝早く目覚めて、目覚めたらもう眠れなくなった」などと話していて、私もぜひそうなりたいと心中で思っていたものだった。

　ところが、年齢の階段を一段ずつあがっていって、その猛烈多忙期から十年も経とうとしているのに、私はまだ眠い。しかも、朝にどんどん弱くなっている。

　今現在の私の睡眠時間は六時間から七時間。深夜十二時から一時ごろに寝て、だいたい七時に起きる。六時間でも、七時間でも足りない。いちばん忙しかったときよりもっとずっと眠い。毎日、いつでも眠い。電車やバスに乗るとすぐに寝てしまう。でも昼寝はしない。昼寝をして起きても、もっと眠くなるだけだろうから。

そして、前はぱっと起きられたのだが、なかなか起きられなくなってきた。七時にかけた目覚ましを止め、わざわざ七時半にかけなおして寝たりする。

さらに、ほんの五年ほど前ならば、飲んで帰りが遅くなって、眠るのが三時、四時になっても、翌日ちゃんと起きられた。まあ、二日酔いだったり眠かったりはしても、なんとか起きて、九時前には仕事場にいっていた。

それがこのところ、起きられない。起きようと決意しても、無意識のうちに目覚まし時計を止めて寝入っていることが増えた。はっと気がつけば九時、十時。最低限の六時間睡眠を、体が勝手にキープしているわけである。

これにはひそかにショックを受けている。私はひどい低血圧だが、朝起きられないということが幼少時から一度もなかったのである。ぱっと目覚めて次の瞬間ベッドを下りて顔を洗う。そのくらいの寝起きのよさで四十年以上生きてきたのだ。なのにこの年齢になって、起きられない。寝なおす。

起きられないとたいへんなことになる場合があるということも、はじめて知った。去年は飛行機に乗り遅れたし、今年は生放送のテレビに遅刻するところだった。寝過ごして遅刻ということをしたことがないので、そういう失敗時のダメージがいちいち大きい。最近、朝早く起きなければならないときは家じゅうの時計をかき集めて目覚ましをセットする。

加齢とともに睡眠時間は短くなるはずなのに、私の場合はどんどん長くなっていくのだろうか。眠りだけ若返っていくのだろうか。

いつか、毎日目覚ましをかけないで寝たいだけ眠る、というのが私の将来の夢である。でももしかしたら、早朝にぱっちり目覚める老人になりたい、という夢に変えたほうがいいのかもしれない。眠いが、そんなに眠りたくないのである。

これが夢見ていたものか

肌にはオイリーとドライがあって、自分がどちらに属するか、女性はおそらくはじめて「洗顔料」を使うころから自然と知るようになる。ごくまれに、成人してもふつうの石鹸で顔を洗う人もいるけれど、多くの女性は十代のはじめには、洗顔料を使うようになると思う。オイリー肌用かドライ肌用かによって洗顔料の種類が分かれていたりして、それで、まだ十三歳だの十四歳だのの娘っこが、自分はどちらかと判断するわけである。

私はその当時からオイリー肌だった。てかてかしていたし、にきびもしょっちゅうできていた。成長し、洗顔料は基礎化粧品のひとつとなり、化粧水やらクレンジングクリームやらを買い揃える年齢になっても、まだ、オイリー肌だった。てかてかで、油断するとにきびができる。肌分析をしてくれる化粧品カウンターで分析してもらうと、やはり客観的な判断も「オイリー」だった。

顔だけではない、私は全体的にオイリーなのだと若いときから自覚していた。玄関で靴を脱ぎ、スリッパをはかずにフローリングを歩くと足跡ができることはよくあった。汗ではなく皮脂で。

三十歳を過ぎて眼鏡をするようになったのだが、この眼鏡も、一、二度かけるとすぐ曇る。脂曇りである。携帯電話も、真新しいときだけかっこよくぴかぴかしていて、次の日にはもう濁っている。皮脂で指紋なんかがつくのである。

好きな食材が肉で、好きな調理法が「揚げ」なのだから、顔ばかりか全身オイリーなのはしかたあるまい、とずっと思っていた。しかたあるまいとあきらめつつ、でもずっと、ドライの人にあこがれていた。それはもう、はじめてオイリー肌用洗顔料を使う十三、十四歳時分から、あこがれていた。

ドライの人には清潔感がある。それは「感」ではなくて、実際に清潔なのだろうなと思う。襟に皮脂染みがつくこともなく、眼鏡も曇らず、携帯電話なんてぴかぴかのままなんだろうな。フローリングを歩いても足跡はつかず、にきびができることもないんだろうな。コロッケよりおからなんかが好きなんだろうな。それに比べて私はなんと脂(油)汚れした人間だろう。それはもう、劣等感ですらあった。けれども、その劣等感から抜け出すなんの対策もしていなかった。だって本当に、しかたないじゃん、と思っていたのである。

こんなに油と脂が好きなんだから、自分の体からだってにじみ出てくるさ。

そんな私史上、事件といってもいいできごとが起きた。

私は毎晩酒を飲むが、ごくたまに、帰ってきてそのまま寝てしまうことがある。数年前までは床や玄関に転がって寝ていたが、ここ最近は少し学習して、服は着たまま、顔も洗わず、は変わらないが、なんとかベッドにたどり着いて眠るようにはなった。

数日前のことだ。はっと気づくと朝である。コートまで着こんで寝ている。ああ、昨日また、風呂の準備をしながら少し横になろうと思い、そのまま寝てしまったらしい……。目を覚まそうと両手で目をこする。そのときの肌の感触が何かおかしい。両手で頬(ほお)を撫(な)でる。何かおかしい。さわさわしている。っていうより粉が吹いたみたいになっている。あっ、これは、もしや乾燥しているのか!?

洗面所にいってびっくりした。本当に顔じゅうが粉っぽいのである。何よりびっくりしたのは、目の下に、昨日はなかった袋みたいなしわがくっきりとある。なんだこれ、と思ってしわをのばしたり、顔を洗って化粧水をはたいてみたりしたが、消えない。顔のかさかさした感じもそのまま。

これはもしや、長いこと私があこがれていた「ドライ肌」状態ではなかろうか。

そう気づいても、ちっともうれしくなかった。私は自分の肌について鈍感で、調子がいいのか悪いのかいつもはてんでわからないのだが、このときばかりは「ものすごく調子が悪い」とわかった。化粧水をはたいてもざらざらしているし、保湿剤をぬりこんでそのときは落ち着いても、数十分経つとまたかさかさしてくる。そのかさかさが、手の乾燥と似ていて、ちっとも清潔でもないし心地よくもない。いちばんうれしくないのは、おそらくこの乾燥のせいで、目の下の袋が強調され、そのまま定着してしまったように見えること。なんだか一気に老けこんだような顔に見える。乾燥すると、しわはできやすくなるらしいとはじめて知った。

保湿、ということを私は今まで馬鹿にしていた。保湿クリームを勧められて使っているが、「べたべたするだけなのに」とどこかで思っていた。アイクリームというものをもらったときは、その存在意義がわからずに使いもしなかった。保湿パックというものもよくもらうのだが、これも使わないのでたまる一方だ。この化粧品カウンターのうつくしいおねえさんが、「頰のあたりが乾燥していますね」などと言うと、何かを勧める口実か、リップサービスだろうと思っていた。何しろ、ドライ肌は手の届かないあこがれだと信じていたから。

まったく恥ずかしいことである。四十八歳を二カ月後に控えて、ようやく、ドライもそんなにいいものではないと知った。しかも、加齢によるドライはとくに。友人がなぜ加湿器にこだわったり、ホテルの空調にこだわったりするのか、ようやくわかった。私はこれからあのあこがれのドライ期に入り、保湿とうるおい確保のために地道に努力をはじめるのだろうなあ。いつかドライ肌になるよと思春期の自分に教えてあげたら、きっと目を輝かせて喜ぶのだろう。馬鹿め……。

変化の速度

内面的なことではなくて、もっと外面的だったり具体的だったりする変化について、ここに書き記しはじめたのは二〇一二年の夏だった。四十五歳だった私は、この連載をはじめるにあたって、劇的な身体的変化を予想していた。予想というか、ほとんど期待である。だって四十五歳の先なんて、あれやこれや雨あられのように変化を余儀なくされるはずじゃないか。たとえば老眼、免疫力低下、更年期、生活習慣病、云々。ところが三年が経過しようという今、とくべつ大きな変化はない。毎年人間ドックを受けているが、何かが低下したり上昇したりという変化はない。むしろ三年前より尿酸値もコレステロール値も下がった。強いていえば視力が落ち、四年前に存在を確認した子宮筋腫が二、三センチ大きくなった。

もともとめったに風邪をひかないが、この三年間もひかず、インフルエンザにもならず、ロタにもノロにも無縁だった。虫歯もできず花粉症にもならなかった。

そうしてなぜか、腰関係の問題ばかり抱えた。三年前はぎっくり腰になり、二年前は階段から落ちて打撲し、一年前は山で転んで仙骨を折った。この腰問題と年齢ははたして関係があるのか。

けれど病にかぎらず考えれば、たしかに、変化を実感することは多々ある。すべて地味なことだ。白髪がどんどん増えていくとか、肌が乾燥するようになったとか。いちばん私がかなしみを覚える変化は、やはり体型。

三十代後半で、「体のかたちが変わった」と実感したときがあった。太ったとかたるんだというのではない、「かたちが変わる」としか形容のできない変化。それまで着ていた服があきらかに似合わない。けれどこのとき、某雑誌の企画で半年間ダイエットし、六キロの減量後、かたちはほんの少しもとに戻った。いや、服がサイズダウンしたので、もとに戻ったというより、また変わったというほうが正しいのかもしれない。

そして四十代半ば過ぎ、あのころの変化なんて屁でもなかったと笑いたくなるくらい、今度は大きく変わった。二の腕が太くなりおなかがぽっこり出てきて、これはまさに私のよく知っている「おばさん体型」。十年前を上まわって完璧（かんぺき）なおばさん体型になった。私は加齢にアンチを唱えないとずっと豪語してきたのだが、この体型をも受け入れるかどうか、じつは思案中である。受け入れないとすると、何かとても努力の必要なことをはじめなければならないのだが。

そしてもうひとつ。変化のなかで、もっとも地味な変化がある。地味すぎて人に言えない。だから、みんな加齢すればそうなるのか、あるいは私だけの個人的な問題なのか、たしかめようがない。訊いてみたいが、訊けない。勇気を持ってここに記すと、「食べかたが汚くなった（ような気がする）」ということだ。

まさに二、三年前から、食べているときに違和感を抱いていた。スープを飲むでも、サラダを食べるでも、焼いた肉を食べるでもいいのだが、口に入れるとき、自分の感覚と実際にずれがある。スープが口の端から垂れる、サラダの千切りにんじんが口から落ちる、焼き肉の脂が垂れる。でも、スプーンも箸（はし）も食べものも、以前と同じにちゃんと口におさめている感覚しかないので、「?」と思う。なぜこぼれるのか。びっくりして、ナプキンやティッシュですぐさま口元を拭う。疑問が渦巻く。前はこんなにナプキンもティッシュも使わなかった。

気のせいだと思おうとしてきたが、昨年くらいにあきらめた。気のせいにしてはあまりにも頻度が高い。口まわりの筋力の低下か反射神経の鈍化か、口が思うように開かなくなったのか、理由はよくわからないが、食べかたが下手になる、汚くなるというのは、私にとって加齢のひとつの現象なのだ。

そういえば、食後、楊枝を使ったり使わなかったりしてシーシーハーハーとやる人がいるが、きまってそれは中年以上だ。あれはずっと、私は「恥の概念の低下」による行為だと思っていた。でも、違うのではないか。そんな精神的な問題ではなくて、食べかたの劣化とか、かみ合わせの悪化とか、つまりやっぱり加齢によるものなのではないか。恥ずかしくなくなった人がやるものだと思っていた私って、本当に若かったんだなあと、なんだか感慨深くなる。

汚くならないように、こぼさないように、食事どきは慎重になったが、ひとりのときはやっぱりまだ、この下手さに慣れなくていちいちびっくりしている。

三年間の最大変化が体型と食べかたか。どちらも私にとっては重要問題だが、いかにも地味だ。もちろん個人差はあるのだろうが、加齢していく過程とは、私が思っていたよりもずっとゆるやかだ。そのことにちょっとびっくりする。いや、半年後、一気にあれこれ派手な変化を余儀なくされるのかもしれないけれど。

待ち焦がれてはいないのに

生理が終わるのは老人になってからだとなぜか思いこんでいた。七十歳近くなって終わるのだろうと思っていたのだ。だから、閉経年齢平均五十歳と知ったときは驚いた。そんなに早いのか！　と、いうより私ももうすぐだということではないか。

私は女性の生理についてまったくなんの思い入れもない。あるとするなら、面倒だ、というくらいである。はじめて生理を迎えたときからずっと、生理痛というものを感じたことがない。前触れ――今ではPMS、月経前症候群というらしいが、そうしたものもいっさいない。本当になんにもない、もしくは感覚が鈍すぎて察知できないから、生理中であるということをしょっちゅう忘れる。出かけた先で、生理用品を持っていないことに気づいて、あわててドラッグストアやコンビニエンスストアにいくこともよくある。十代のころからそうで、いい加減慣れたらいいのにと自分でも思う。三十年以上、毎月のことなのに、未だに生理用品を持ち忘れるっていったいどういうことだ。

そんなふうなので、生理が終わること、自分もその年齢域にあることを知っても、驚きはするが感慨はない。十代のとき、感受性ゆたかな友人が「私は大人になっても子どもを産まないと思う、なのに毎月律儀にやってくる生理がむなしい」と言っていたことがあって、度肝を抜かれた。生理という、現象というか仕組みというか、そうしたものに何か思うところがあるってすごい、と彼女の感性を尊敬した。彼女がそのままの感性でもって大人になったか否か、はたまた、あのときの言葉どおり子を産まなかったのか、産んだのか、わからないけれど、でも、閉経にあたっても、繊細な感想を持つ人はきっといるのだろうと思う。

生理であることを忘れるほどの私だが、毎月その件にかんして、突然きて驚いたとか困ったということはない。周期が機械のごとく一定だから、ある日にちになればそろそろだとわかるのである。以前、ものすごく悩んだときに、ストレスのせいかぴたりと止まったことがあったが、そのくらいだ。

その機械が、今年になってはじめてくるった。生理がこない。ぜったいくる日なのにこない。これは悩みとかストレスのせいではないと本能的にわかった。ああ、ついに、これがそうかと思った。終わったんだ生理は。へええ。もうこないのか。考えたのはそのくらい。ところが、である。ひと月遅れてやってきたのである。こちらとしては、何を今更！　である。出ていったのに、何戻ってきてるの。そんな気持ち。

私はこの連載がはじまってからずっと、更年期はいつくるかとくり返し書いている。あまりにも恐怖するために、いっそ早くくればいいとさえ思っているのである。そしてはじめて生理の乱れを体験した私は、そうだ婦人科にいこう、と思い立った。

婦人科には、更年期にさしかかっているかいないかわかる血液検査があるという。それを受けようと思ったのだ。血液検査ならきっと数値が出て、はっきりわかるのだろう。

いさんでクリニックに赴き、「今日はどうしましたか」と訊く医師に、更年期かどうかわかる血液検査を受けたい旨説明した。

「何かそういう症状があるのですか、のぼせとか、イライラとか」という問いに、「生理が一回、大幅に遅れました」と胸をはって答えると、医師はぽかんとした顔で私を見た。

それだけで検査しにきたのか、と、その顔に書いてある。そしてその検査の説明をはじめた。閉経が近くなると卵巣の働きが鈍くなり、女性ホルモンが減少する。この減少の数値がいちじるしい場合は閉経間近、もしくは閉経後ということになる。また卵巣を見守るナントカという役割を持つ部分が、今も働いているかどうかわかる項目もあり、これが高い数値を出すと閉経ということになる。

説明を終えると医師はつけ加えた。「一回生理が遅れて即閉経ということはまずありません。何カ月も遅れたり、という不定期な状態が数カ月から数年続いてから閉経となります。なのでお話をうかがうかぎり、検査をしても……」と言って困ったように私を見る。

数カ月から数年も……私は医師の言葉にショックを受けた。こんな、なんだかわからない状態が何年も続くとは……。

それならばたしかに、一回生理が遅れただけで、なんの症状もないのに更年期の検査は大げさなのだろう。もしかして多くの人は「まだだ、まだ先だ」と思って暮らしているのかもしれないと、このときはじめて気づいた。こわすぎて、いつからかと思っているだけなのに、これではまるで、「ヘイ、カモン!」と迎えにいっているみたいではないか。先生、まだ? ねえまだこない? と、急かしにきているみたいではないか。急に恥ずかしくなったのだが、でもせっかくきたのだ。採血してもらうことにした。

三日後に検査結果を聞きにいく。まだ女性ホルモンも減少しておらず卵巣を見守るナントカもまったく通常数値らしい。私は勝手に、この検査によって更年期度何パーセントというふうな、細かいことがわかるのだろうと思っていた。そうではなくて、もっとシンプルなものだった。たとえば「通常」と言われたある数値、私は百以上だったのだが、閉経するとこれが一桁にまでなるという。

一分もせず結果説明は終わり、診察室は静まりかえる。ありがとうございましたと私は部屋を出た。なんだか本当に、いとしい何かを待ち焦がれ、待ちきれずに呼びにきているような心持ちで会計をすませ、とぼとぼと帰ったのである。

あとがき

二〇一五年、私は二度転んだ。二度とも酒を飲んでいたが、酔っぱらって転んだのではない。そもそもそれまで、泥酔していても転んだことなど一度もない。でも転んだ。

一度目は、顔をしたたかに打って、目の上に馬鹿でかいたんこぶができた。このたんこぶがへこむにつれて、目のまわりがどんどん赤紫色になっていく。たんこぶは、内出血した血がたまってできるもので、その血が下に落ちていってたんこぶがへこむ、ということになっているらしい。

おそろしい顔になった。目のまわりだけが腫れていて、ほかは無傷なので、転んだというよりはどう見ても殴られた顔である。友人や知り合いに会うと、「あっ」という顔をして黙りこむ人と、「わーっ、どうしたのその顔!」と開口一番に言う人と、二パターンにはっきりわかれていて興味深かった。訊くに訊けない前者には、「酔って転んじゃって」と、いち早くこちらから説明したほうが、双方気が楽だということも学んだ。

このあざが、一週間経っても消えないので、何かしらの対処をしてくれないものだろうかと病院にいった。このときはじめて知ったのだが、そのような顔の怪我は整形外科でなく形成外科でみてもらうものらしい。このとき私のいった形成外科では、数分の問診のあと、「一カ月は消えませんね」と言われて診察終了。その日、私はそのまま眼鏡屋さんにいって、生まれてはじめてサングラスを買った。自分のため、というよりも、私と会う人のためである。そのくらい、突然できた目のまわりの紫のあざというのは、他者をこわがらせるものだと実感したのだ。

それにしても、サングラスというものは慣れていないとこんなにも不便なものなのか、と思い知った。視界が暗いし、見えづらい。これは自意識の問題だとわかっているが、「かっこつけていると思われたらどうしよう」という思いがつねにつきまとう。

あざが消えた四カ月後、また転んだ。このときも酒を飲んでいたけれど、やはり泥酔してはいなかった。おそらく前回の二の舞はごめんだと自衛したのだろう、顔は打たず、膝小僧と手のひらをすりむいて、軽い出血をしたくらいですんだ。

転んでから六日後、毎年出ているマラソン大会に出場し、雨のなか、四十二・一九五キロをなんとか完走した。転んだことなどすっかり忘れていた。マラソン大会の翌々日、某出版社で自著に署名をしていた。新刊宣伝の署名本作りである。書いている途中で、手首がどうにも痛くなってきた。しびれるくらい痛い。でも、途中でやめたらまた後日出版社にきて署名の続きをすることになる。それも面倒だ。と、結局用意されたすべての本に署名した。

その翌日、手首がとんでもなく痛む。パソコンのキーボードを打つのにも難儀するほど痛い。これはしかたない、病院だ。今度は整形外科である。レントゲン撮影後、手首の尺骨にひびが入っていると医師に言われ、ギプスをすることになった。あれよあれよとギプスの用意がなされていくなか「え、そんな」「そんなまさか」「署名しただけで？」とあわただしく考え、あっ、と思い至った。そういえば転んだのだった。転倒↓放置↓フルマラソン↓たくさんの署名という一連の流れがあるのだ。おそろしいことに、私は大本の「転倒」をすっかり忘れていたのである。

怪我は手首のちいさな骨なので、右腕の肘下すべてギプスで覆うのは大げさに見えるのだが、「ともかく固定しないと、手首を無意識に使ってしまって、なおらない」というのが医師の弁である。今どきのギプスは石膏ではなくてプラスチックだとはじめて知った。

一週間に一度、このギプスを外して診察してもらう。今日こそはギプスがとれるだろうと期待していると、またギプスをはめられる。それを二度くり返し、三週間目、ようやくギプスがとれてサポーターになった。右腕が、左腕の三分の二の細さになっていてびっくりした。

さてこのふたつが、連載終了後、私の容れものに起きたできごとである。またしても外傷ばかりだ。けれど外傷を負いながら私はつくづく思った。これがつまり、じつに明確な変化なのだよな、と。

私というものの容れものになっている、体について書いている連載中、私はもっと劇的かつ内的な変化をこわがりながらも期待していた。でも「今までは決してしなかった」転倒を二度した、ということがすでに大きな変化なのだ。

この数年、私の周囲で転倒した友人はなぜだか多い。ひどい場合は骨折して入院した人もいる。縫合手術が必要だった人もいる。私はたまたま、入院や手術などの必要のない軽い怪我ですんだ。だから、ただ転んだという地味で無様な思いだけがある。この年齢になったから転んだのだなどとは考えない。けれども転倒する友人たちがみな同世代だと思うと、これは五十歳前後になってあらわれる「若いときにはなかった徴候」のひとつなのだろう。

変化はゆるやかに起きている。その変化を認めたくない場合もあるだろう、年齢と結びつけて考えられないときも、きっとある。それほど、「私」の年齢の重ね方と「私の容れもの」の使用年数のあいだには、ギャップがあると最近身をもってわかった。私自身の意識としては、そんなに古びていないのに、容れものは勝手に軽々と年数を受け入れていくのである。

二十代のときには、自分が五十歳になるなんて思いもしなかった。それとはまったく異なる気持ちで、きちんと六十代、七十代になれるだろうかと、もうじき五十歳の私は思っている。なれますようにと願うような気持ちでもある。この先何があるかわからない。その年齢になれない可能性だってある。私の父やおばや友だちは六十歳にもならずにいなくなった。そういうことを考えると、心底おそろしい。十年前よりずっとおそろしくなった。これもまた、意識してはいないが明確な変化である。

けれども、そんなことを考え続けているわけにもいかない。次の誕生日まで、一日ずつ過ごしていくしかない。何が加齢のせいで何がそうではないかなんて考えず、白髪を染めたり転ばないことに心を砕いたり、変化に愕然としたり気づかなかったりして、容れものとともに前へ前へと進んでいくしかない。

本書は、「星星峡」2012年9月号（No.176）から2013年11月号（No.190）、「幻冬舎plus」2013年11月から2015年4月に連載されたものに加筆・修正いたしました。

ブックデザイン　芥陽子
イラストレーション　牛久保雅美

角田光代（かくた・みつよ）
1967年神奈川県生まれ。90年「幸福な遊戯」で海燕新人文学賞を受賞しデビュー。『まどろむ夜のUFO』で野間文芸新人賞、『空中庭園』で婦人公論文芸賞、『対岸の彼女』で直木賞、「ロック母」で川端康成文学賞、『八日目の蟬』で中央公論文芸賞、『ツリーハウス』で伊藤整文学賞、『紙の月』で柴田錬三郎賞、『かなたの子』で泉鏡花文学賞、『私のなかの彼女』で河合隼雄物語賞を受賞。その他の著書に『ひそやかな花園』『空の拳』『平凡』『笹の舟で海をわたる』『坂の途中の家』『拳の先』など多数。

わたしの容れもの
2016年5月25日　第1刷発行

著　者　角田光代
発行者　見城徹
発行所　株式会社　幻冬舎
〒151-0051　東京都渋谷区千駄ヶ谷4-9-7
電話　03（5411）6211（編集）
　　　03（5411）6222（営業）
振替　00120-8-767643
印刷・製本所　中央精版印刷株式会社

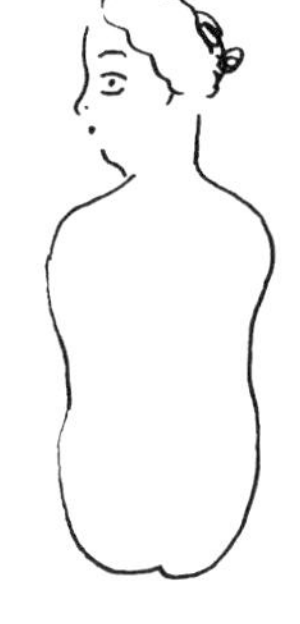

Printed in Japan
ISBN978-4-344-02940-8 C0095
幻冬舎ホームページアドレス　http://www.gentosha.co.jp/
この本に関するご意見・ご感想をメールでお寄せいただく場合は、
comment@gentosha.co.jp まで。